KB247606

슈퍼우먼은 없다

슈퍼우먼은 없다

일과 가족 사이. 워킹맘의 홀로서기 기록

초 판 1쇄 2026년 01월 13일

지은이 청아이
펴낸이 류종렬

펴낸곳 미다스북스
본부장 임종익
편집장 이다경, 김가영
디자인 윤가희, 임인영
책임진행 이예나, 안채원, 김은진, 국소리

등록 2001년 3월 21일 제2001-000040호
주소 서울시 마포구 양화로 133 서교타워 711호
전화 02) 322-7802~3
팩스 02) 6007-1845
블로그 http://blog.naver.com/midasbooks
전자주소 midasbooks@hanmail.net
페이스북 https://www.facebook.com/midasbooks425
인스타그램 https://www.instagram.com/midasbooks

ⓒ 청아이, 미다스북스 2026, *Printed in Korea*.

ISBN 979-11-7355-641-8 03810

값 19,000원

미다스북스는 다음세대에게 필요한 지혜와 교양을 생각합니다.

슈퍼우먼은 없다

일과 가족 사이.
워킹맘의 홀로서기 기록

청아이 지음

미다스북스

슈퍼우먼을 벗고, 돌아보고, 세우고, 질문하고, 내 자리로 돌아오다

퇴고를 마친 지금에야 비로소 나의 자리로 돌아온 느낌이 든다. 여전히 나는 민원인의 전화를 받고 퇴근 후에는 집에 돌아가 저녁을 준비한다. 눈에 보이는 일상은 달라지지 않았지만 마음은 조금 달라졌다.

1995년 5월, 서울시 세무직 9급 공무원 시험에 합격하며 직장 생활을 시작했다. 결혼을 하고 아이도 낳았다. 겉으로 보기엔 남들이 말하는 '괜찮은 삶'을 따라가고 있었다. 그런데 초고를 쓰려고 책상 앞에 앉자 즐거운 기억보다 마음이 불편했던 기억이 먼저 떠올랐다. 민원인과 실랑이를 벌였던 날이 퇴근 후에도, 아침에 눈을 떠도 머릿속에서 떠나지 않았다. 집에서도 비슷했다. '결혼을 하지 않았더라면, 아이를 낳지 않았더라면 이런 문제는 없었을까.'라고 생각했다. 분명 가족과 함께한 따뜻한 순간들이 있었음에도 힘들었던 장면들이 유독 먼저 떠올랐다.

기억을 더듬어 보았다. 고등학교 때까지는 공부만 하면 되는 시절이었다. 시험이 싫어도 공부를 하면 성적이라는 보상이 있었다. 하지만 대학에 들어가면서 모든 것이 달라졌다. 나이도, 능력도, 생각도 다른 사람들이 모인 공간은 낯설었다. 나는 우물 안에 있다가 갑자기 바다로 나온 사람 같았다. 졸업 후 취업도 자신이 없었다. 앞으로의 일을 생각하면 마음이 무거웠다.

대학 1학년 겨울방학, 구청에서 아르바이트를 하게 되었다. 그곳에서 9급 공무원 시험이 있다는 사실을 알았다. 그 무렵의 나는 사람들과의 관계도 부담스러웠고, 공부도 어려웠다. 그때는 '안정'이라는 말이 유독 크게 들리던 시기였다. 대학교 4학년 1학기 휴학을 하고 공부했다. 그해 가을 세무직 9급 공채에 합격한 후, 4학년 2학기로 복학했다. 지금 생각해 보면 무엇이 그토록 조급했는지는 잘 모르겠다. 하지만 합격 통지를 받고 대학으로 복학했을 때 마음이 한결 편안해진 건 분명했다.

인생은 늘 그렇듯 한 고개를 넘으면 또 다른 고개가 이어졌다. 이번에는 결혼이었다. 주변 여직원들이 하나둘 결혼을 하자 결혼을 하지 않으면 어딘가 뒤처지는 것 같았다. 중매로 지금의 남편을 만났고, 만난 지 6개월 만에 결혼했다. 아이를 낳고 워킹맘이 되면서 하루하루 '살아내는 것' 자체로 벅찼다. 남들이 가진 것만큼은 가져야 한다는 마음, 아이를 잘 키워야 한다는 책임감은 무거웠다. 그래서였을까? 소중한 순간들은 고무풍선 바람 빠지듯 기억 속에서 서서히 사라졌다.

아이들이 자라 학교에 다니기 시작하자 비로소 작은 여유가 생겼다. 그때 문득 궁금해졌다. '나와 같은 40대 초반 워킹맘들은 지금 무엇을 하며 살아가고 있을까?' 우연히 김미경 강사의 유튜브 영상을 보게 되었고, 영상에서 소개하는 책들을 한 권씩 사서 읽기 시작했다. 『마음 가면』, 『그릿』, 『해빗』, 『코스모스』 같은 책들이 책장에 꽂힐 때마다 나도 뭔가 해보고 싶다는 생각이 자랐다. '나라는 사람이 할 수 있는 일은 무엇일까.' 나에게 던진 작은 질문이 조금씩 나를 움직였다.

2018년, 김미경 강사의 카페에는 독서 모임을 하라는 공지가 있었다. 그때 내가 먼저 손을 들었다. 그렇게 〈책 먹는 하마〉라는 독서 모임이 시작되었다. 난생처음 모임의 리더가 되었다. 한 권씩 읽은 책들이 '너도 할 수 있다'라고 조용히 등을 밀어주었다. 7~8년 동안 모임을 운영하면서 사람도 장소도 바뀌었지만 모임을 이어갈 수 있었던 이유는 책이 주는 기쁨 때문이었다. 함께 읽으면 더 많이 느낄 수 있었고, 조금씩 더 좋은 모임을 만들고 싶은 마음도 생겼다. 지금은 답십리도서관을 통해 독서 모임을 이어가고 있으며, 모임이 끝난 뒤 정리한 모임 후기는 어느새 나의 역사가 되었다.

2022년부터 남들보다 조금 일찍 출근해 하루 한 페이지씩 일기를 썼다. 1년이 지나자 공책 한 권이 꽉 찼다. 지금은 '이은대 북컨설팅'에서 본격적으로 글을 공부하고 있다. 책과 글이 나의 삶을 조금씩 넓혀 주었다.

글을 쓰며 깨달은 것이 있다. 내가 살아온 삶도 꽤 괜찮았다는 사실이다. 남들의 기대에 맞추어 살아왔다고 생각했던 시간도 사실은 나 나름대로 애쓰며 버텨온 시간이었다. 이제 나는 남의 기대가 아닌 내가 서 있고 싶은 자리로 조금씩 돌아오고 있다.

이 책은 50대 워킹맘으로서 가정과 직장에서 겪은 이야기를 솔직하게 담은 기록이다. 서툴더라도 꾸밈없이 쓰고 싶었다. 독자들이 어느 장에서든 자신의 이야기와 닮은 부분을 발견할 수 있기를 바란다. 삶은 결국 내가 어떻게 바라보느냐에 달려 있다. 내 자리를 다시 찾으니 세상도 조금 다르게 보였다. 예전에는 세상이 나를 몰아붙이는 것처럼 느껴졌다면, 지금은 나를 단단하게 키운 시간으로도 보인다. 내가 본 세상을 당신에게 건네고 싶다. 이 책이 당신의 시선을 조금 더 따뜻하고 단단하게 만들어 주길 바란다.

1장은 나의 홀로서기 성장기다. 50년 동안 마주한 시련 속에서 내가 어떻게 흔들렸고, 다시 일어섰는지를 담았다. 결혼, 출산, 승진, 사기 피해 같은 일들은 내가 잘못해서만 생긴 일이 아니었다. 그러나 나는 스스로를 탓하며 기죽어 있었다. 그 시간을 솔직하게 드러내고, 어떻게 버텼는지, 무엇을 붙잡으며 다시 걸어 나왔는지 적었다.

2장은 가족과의 동행에서 얻은 깨달음이다. 남편, 딸, 아들과 얽힌 갈등과 화해의 과정이 담겨 있다. 특히 딸과의 관계는 쉽지 않았다. 문제가 생기면 나는 쉽게 딸의 성격을 먼저 떠올렸고, 부모라는 이유로 내 판단이 옳다고 믿으려 했다. 그 굴레에서 벗어나자 비로소 상대가 보이기 시작했다.

3장은 일터에서 만난 나다. 민원인을 대하며 겪은 갈등, 동료들과의 관계, 팀장으로서 느낀 책임감을 통해 규정과 마음 사이에서 갈등했던 장면들을 풀어냈다.

4장은 '슈퍼우먼은 없다'다. 집에서는 엄마와 아내로, 직장에서는 팀장과 동료로 살며 지쳐 갔던 마음을 기록했다. 완벽함을 내려놓자 비로소 내가 보이기 시작했다.

5장은 나를 온전히 바라보는 시간이다. 엄마, 아내, 직장인이라는 이름 뒤에 가려져 있던 '나'를 다시 찾기 위한 기록이다. 책을 읽고 글을 쓰며 나는 누구인지, 어떤 삶을 원하는지 조금씩 답을 찾아

갔다.

이 책은 그 여정을 담고 있다. 슈퍼우먼의 옷을 벗고 한 사람으로 서고 싶은 한 워킹맘의 이야기다. 그리고 어쩌면, 이 이야기는 당신의 이야기이기도 하다.

2025년 12월 청아이

차례

흔들릴수록 내 마음이 보이기 시작했다　　　한 걸음

흔들릴수록

내 마음이

보이기 시작했다

한 걸음

그날, 상처가
나를 멈춰 세웠다

결혼은 두 마음의 충돌이었다. 그리고 그 충돌 속에서 비로소 나 자신을 발견했다.

결혼은 그저 두 사람이 결정하면 되는 일이라고 생각했다. 어렵지 않을 거라고 믿었다. 그런데 결혼은 단순히 둘이 만나 사는 게 아니었다. 남편 뒤에는 시댁 식구들이, 내 뒤에는 친정 식구들이 함께 따라왔다. 내 편이 늘어날 줄 알았는데, 마음 둘 곳이 더 줄어든 기분이었다.

엄마는 부동산 중개업을 하는 친척에게 중매를 부탁했다. 만난 지 3개월 만에 결혼을 결정했다. 엄마는 마르고 왜소한 남편의 외모에 실망했다. 나도 처음 만났을 때는 엄마와 같은 느낌이었다. 결혼을 결심하게 된 결정적 계기는 남편 친구들의 평판이었다. 친구들은 남편이 '진국'이라고 말했다. 나는 남편의 말보다 그의 친구들 말을 더 믿었다. 엄마는 나의 결정을 못마땅하게 여겼다. 친정 오빠의 도움이 컸다. 오빠가 남편을 만나 보고 나서 엄마를 설득했다. 그제야 엄마는 조금씩 마음을 열기 시작했다.

결혼 날짜는 남편과 내가 양가를 오가며 정했다. 정하는 과정에서 상의라는 건 거의 없었다. 시댁 쪽에서 먼저 날짜를 정하면 따라가는 식이었다. 의견을 묻는 말은 형식처럼 흘렀다.

상견례 장소는 시댁 쪽에서 정했다. 동네에 있는 꽤 괜찮은 한우 한식집이었다. 그런데 당일 그 식당이 문을 닫았다. 결국 장소는 동네 갈비탕 집으로 변경되었다. 엄마는 갈비탕 집이 마음에 들지 않았다. 하지만 날짜를 바꾸자고 할 분위기도 아니었다. 우리는 그대로 갈비탕 집으로 향했다.

나는 상견례 장소가 그리 중요하지 않다고 생각했다. 어차피 결혼하기로 결정한 이상, 상견례는 형식적인 절차에 불과하다고 여겼다. 남편 쪽 아버지도 안 계셔서 어머니들끼리 얼굴을 익히면 충분하다고 생각했다.

시어머니와 큰 시누이 그리고 남편이 먼저 와 있었다. 나와 엄마는 맞은편에 앉았다. 그때 서빙하던 아주머니가 물컵을 가져와 테이블 위에 놓으며 엄마를 보고 말했다.

"아니, 언니, 여기 웬일이야!" 엄마는 깜짝 놀랐다. 동네에서 언니, 동생으로 지내던 동네 아주머니가 거기서 아르바이트를 하고 있었다. 엄마는 "어⋯, 어⋯." 하며 다른 말을 찾으려 하는 것처럼 보였다. 결국 엄마는 적당한 말을 찾지 못하고 상견례 하러 왔다고 말했다. 아주머니는 남편과 시어머니, 큰 시누이를 한번 훑어보고 조용히 자리를 떠났다.

엄마의 얼굴이 붉어졌다. 엄마와 나는 갈비탕을 반도 채 먹지 못하고 자리를 나왔다. 내 결혼이었지만 일방적으로 받아들여야 했던 사람이 결국은 엄마였다.

결혼 준비 과정에서 엄마는 예복, 예물, 한복 등에는 관여하지 않았다. 반면 시댁은 실용성과 간소함을 중시하며 주도적으로 모든 것을 결정했다. 예식장도 마찬가지였다. 엄마는 번듯한 예식장을 원했지만, 시댁은 집과 가까우면서도 저렴한 예식장을 골라 예약했다. 나는 시댁 식구들이 골라준 예물을 받았다. 시댁에서 사주고 싶어 하는 목걸이, 귀걸이, 가방, 구두를 받았다. 그 자리에서는 마음에 든다고 말했지만, 막상 받아놓고 보니 내 마음에 썩 들지 않았다.

신혼집은 시어머니가 사는 다가구 주택 1층으로 정해졌다. 이를 알게 된 엄마는 못마땅해했다. 나도 좋지는 않았다. 그렇다고 싫다는 표현도 하지 못했다. 결혼을 앞두고 갈등을 만들고 싶지 않았다. 엄마는 집 문제에 대해 나보다 더 예민했다. 남편에게 직접 전화해 "시댁으로 들어가면 내 딸 결혼 허락하지 않겠네."라고 말했다. 엄마에게 그 말은 딸을 보호하고 싶은 방식이었다.

남편이 시어머니와 어떻게 상의했는지는 알 수 없다. 하지만 쉽지 않았을 것이다. 우리의 신혼집은 큰 시누이가 사는 다가구 주택의 지하 단칸방으로 바뀌었다. 엄마 덕분에 시댁으로 들어가지 않았다. 하지만 엄마는 지하 단칸방을 보며 한숨을 내쉬었다.

엄마와 함께 신혼살림을 사러 다녔다. 내 살림을 사는 것 같지 않았다. 전축은 사고 싶지 않았지만 결국 샀다. 장롱은 마음에 들지 않았다. 하지만 그 공간에는 그게 적당하다는 엄마의 말에 따라 구입했다. 침대도 원하지 않았다. 엄마는 지하 바닥에서 습기가 올라온다며 침대가 필요하다고 했다. 엄마는 나를 지하 단칸방으로 시집보내기 싫어했다. 나도 지하 단칸방이 신혼집이 될 줄은 몰랐다.

그 시절 내 눈에 엄마는 시어머니를 '자기 자식만 귀하게 여기며 아낄 줄만 아는 사람'이라고 생각하는 것 같았다. 시어머니 역시 친정 엄마를 '격식을 따지며 참견하는 사람'이라고 여기는 것 같았다.

엄마는 내가 너무 순진하고 어리석다고 걱정했다. 내 생각 없이 시키는 대로만 한다며 답답해했다. 반면 시어머니는 며느리가 시집

온 이상, 시댁 분위기에 익숙해져야 한다며 본인의 방식대로 받아들이길 바랐다.

시어머니의 말을 들으면 그에 따라야 할 것 같았고, 엄마 말을 들으면 엄마 뜻을 따라야 할 것 같았다. 양가 간의 갈등을 조율하는 일은 어려웠다. 누구 말이 옳은 것일까.

그러던 어느 날, 시어머니가 명절에 "새언니는 친정에 언제 가?"라고 물었다. 엄마는 "큰 시누이는 시댁에 자주 오냐?"라고 물었다. 나는 시어머니에게 "이번엔 새언니가 친정에 안 간대요."라고 말했다. 엄마에게는 "큰 시누이도 이번 명절엔 자기 집에서 지낸대요."라고 말했다. 어느 편에도 서지 않으려는 마음이 평화를 지키는 방법이었다. 그때의 나는 그렇게 평화를 선택했다.

시댁에서는 시댁의 장점을 보려고 애썼다. 친정에서는 엄마의 마음을 달래려고 애썼다. 두 어머니 사이에서 나는 나를 조율했다. 말 한마디에도 마음이 흔들렸지만 그 과정을 지나며 내 마음의 기준이 생겼다.

버섯의 일생

화려하고 예쁘면 싫어한다.
얌전하고 포동포동하면 잡아먹힌다.

예쁘다고 귀히 여기지 않는다.
아무리 예뻐도 꽃이 될 수 없는 버섯
예쁠 필요가 없는 버섯이 되었다.

생각만 많아 머리만 크고 손이 없는
버섯이 되었다.

주인공이기보다는 조연의 향기가 진한
버섯이 되었다.

나무와 살기 위해
이끼와 살기 위해
흙과 살기 위해

버섯이 되었다.

나는 버섯이다.

머리만 크고 손이 없는 버섯

그 모습대로 살기로 했다.

감정 대신 마음을
보아야 했던 이유

결혼은 다들 하니까 했고 아이도 다들 낳으니까 낳았다. 그런데 '엄마'가 되는 일은 쉽지 않았다.

동네 개인 산부인과에 친정 엄마, 시어머니 그리고 남편이 모였다. 퇴근 후 집에서 저녁을 먹는데 배가 아팠다. 남편이 엄마에게 연락했다. 엄마는 큰일이라도 난 것처럼 헐레벌떡 병원으로 왔다. 의사는 자궁 문이 아직 열리지 않았다며 병원 안 온돌방에서 기다리라고 했다. 진통이 2분 간격으로 오면 그때 자신을 부르라고 했다. 의사는 내일 진료를 위해 잠을 자야 한다고 말했다.

배는 산처럼 부풀어 있었다. 뱃속 아이가 어떻게 좁은 문을 통해 나올 수 있을까? 알 수 없으니 진통은 더욱 견디기 힘들었다. 진통이 올 때마다 내가 아파하는 모습을 본 엄마는 "수술하는 게 낫지 않겠니?"라고 말했다. 반면 시어머니는 "그래도 좀 참아보자."라고 했다.

엄마는 아이를 셋 낳았고, 시어머니는 아이를 넷 낳았다. 그런데도 누구 한 사람 진통을 얼마나 참아야 하는지 알려주는 사람이 없었다. 엄마는 의사에게 제왕절개 수술을 해야 하는 것 아니냐고 물었다. 의사는 수술을 하려면 큰 병원으로 가야 하니 그 결정은 본인들이 하라고 말했다. 엄마는 "환자의 상태를 보고 의사가 결정을 해야지, 우리가 어떻게 알겠느냐?"라고 말했다. 의사와 엄마 사이에 실랑이가 벌어졌다.

아무도 대신 결정해 주지 않았다. 결국 내가 결정해야 했다. 나는 참아보기로 했다. 이 고통이 언제 끝날지 누군가 알려줬으면 좋겠다. 2분 간격으로 진통이 오는데도 의사는 아직 아니라는 말만 반복했다.

첫아이는 저녁 9시에 병원에 가서 다음 날 새벽 4시 40분에야 태어났다. 딸이었다. 첫아이의 성별은 태어나기 전에 알 수 있었다. 그때의 나는 모두가 아들을 바라고 있다고 느꼈다.

모두가 원하는 아들을 낳아야만 내 자리에 내가 들어갈 수 있다고 여겼다. 딸을 낳자 마음이 더욱 무거워졌다. "축하해요."라는 말조차 딸을 낳은 것에 대한 애석한 위로처럼 들렸다. 그런 생각을 하는 나 자신이 못마땅했지만 쉽게 사라지지 않았다.

친정 엄마는 당시 일반 개인 병원 식당에서 일하고 있었다. 시어머니가 나의 산후조리를 맡아주기로 했다. 산후조리가 무엇인지, 내 몸을 어떻게 돌봐야 하는지도 몰랐다. 시어머니 집에서 머물러야 한다고 생각하니 마음이 편하지는 않았다. 하지만 미역국도 끓여주고 아이도 돌보아준다는 것은 고마운 일이었다.

퇴원한 후 아이와 시댁으로 갔다. 다음 날 엄마가 나를 보러 왔다. 나는 안방에서 갓난아이와 함께 있었다. 시댁 식구들이 내 방을 드나드는 모습을 본 엄마는 눈살을 찌푸렸다. 그 모습을 시어머니가 보았다. 친정 엄마가 돌아간 후, 문밖에서 말소리가 들렸다. 무슨 말인지는 알 수 없었지만, 나에 대한 이야기라고 느꼈다.

나를 보고 간 후 엄마는 직장을 그만두었다. 엄마는 산후조리도 해주고 아이도 키워주겠다며 당장 친정으로 오라고 했다. 아버지까지 시댁에 전화를 걸어 나더러 친정으로 오라고 했다.

시어머니의 한숨 소리가 들려오는 듯했다. 시어머니는 끼니마다 소반에 미역국을 들고 왔지만 말없이 두고 나갔다. 나는 방문이 열릴 때마다 누워 있다가도 몸을 일으켜야 했다. 왜 이렇게 마음이 불편한 걸까?

아이의 탄생은 축복이라 하지 않았는가. 그런데 나는 왜 첫아이를 낳고도 마치 가시방석에 앉아 있는 기분일까? 매일 전화를 하는 엄마와 그런 엄마를 못마땅해하는 시어머니. 엄마는 내가 안쓰러워서 그랬을 것이다. 시어머니도 시어머니로서 책임을 다하려 애쓰고 있다는 것도 알겠다. 하지만 그들의 마음속에는 내가 없는 것만 같았다.

잠이 오지 않았다. 갓난아이에게 젖을 물릴 시기를 놓쳤는지 젖가슴이 단단해지기 시작했다. 아이에게 젖을 물려도 빨지 않았다. 철판이 가슴을 누르는 고통이 시작되었다. 젖몸살이란다. 풀어 헤친 가슴 위에 유축기를 대고 압축했다. 젖꼭지가 헐어 피가 났다. 아팠지만 시댁이라 더 말하지 못했다. 아이를 낳고 3일 만에 나는 시댁에서 친정으로 산후조리 장소를 옮겼다.

딸의 진통을 지켜보며 아픔을 덜어주고 싶었던 엄마의 마음 역시 사랑이었다. 고통을 인내하도록 내버려 두는 것 또한 어른의 역할이었다. 산후조리를 도와줄 사람이 없는 것보다 서로 도와주겠다고 나서는 어른들이 있다는 것은 다행스러운 일이었다. 모두가 더 잘해주기 위해 애쓰는 모습뿐이었다.

엄마 앞에서는 친정이 낫다고 말해야 했고, 시어머니 앞에서는 엄마가 지나치다고 말해야 했다. 남편 앞에서는 누구의 편도 들 수 없었다. 누구에게도 내 마음을 털어놓을 수 없었다. 딸을 낳아 엄마가 되는 순간, 나는 한 사람이 아니라 누군가의 며느리, 딸, 아내로 동시에 존재해야 했다. 시집을 갔기에 엄마와는 가까워지고 싶어도 멀어져야 한다고 여겼고, 남편과 시어머니는 멀게만 느껴졌지만 가까워져야 한다고 여겼다.

엄마가 된 그날, 딸의 울음소리는 세상을 깨울 만큼 우렁찼다. 하지만 나는 마치 세상에 홀로 남겨진 기분이었다.

아이를 낳을 때 혼자서 오롯이 진통을 견뎌야 했던 것처럼, 엄마가 되는 길은 외롭고 힘겹다. 만약 쉽게 된다면, 세상의 모든 어머니들이 그렇게 위대할 수 있었을까? 어느 날, 남들처럼 결혼을 했더니 어느새 나는 엄마가 되어 있었다.

감정에 따라 말하고 행동했다면 나는 참거나 견디지 못했을 것이다. 싸움닭처럼 내 기분을 상하게 하는 사람과 언성을 높였을 것이다. 하지만 그렇게 하지 않았다. 내가 부족해서? 기가 눌려서? 그들의 권위에 눌려서? 그렇지 않았다.

내 곁에 있는 사람들이 각자의 위치에서 최선을 다해 나를 보호하고 있다는 걸 알게 되었기 때문이다. 그들이 나를 서운하게 하거나 미워하려는 마음이 아니었다는 것도 알았기 때문이다.

어른이 되어가는 과정은 아프다. 특히 엄마가 된다는 것은 혼자 감정을 삼켜야 하는 시간이 필요하다는 것을 알게 되었다.

내려놓고 나서야
흐름이 보였다

2002년 9월, 둘째 아이를 임신한 지 6개월쯤 되었을 때였다. 동대문구청에서 용산구청으로 발령이 났다. 세무 비리 사건 이후 구청 간 인사이동이 의무화되었다. 임산부인 나에게도 예외는 없었다. 발령장을 받으러 용산구청 강당에 갔다. 구청장 앞에서 부서 발령장을 받으려고 기다리고 있었다. 그때 총무과 직원이 다가와 의자가 필요한지 물었다. 허리가 아팠지만 괜찮다고 대답했다. 다른 사람들과 다르게 행동하는 것이 민폐 같았다. 배가 불룩한 나는 낯선 환경이 버거웠다. 아이를 낳으면 출산 휴가라는 공백이 있었다. 이 때문에 기존 직장에서도, 새 직장에서도 나를 원하지 않을 것만 같았다.

정기 검진을 미루다가 6개월 만에 동네 산부인과를 찾았다. 의사는 태동이 있느냐고 물었다. 나는 활발하지는 않다고 대답했다. 그는 초음파 화면을 들여다보았다. "태아 상태가 이상하네요. 큰 병원에 가서 정밀검사를 받아보세요."라고 말했다. 그의 차분하고 동요 없는 말투는 차갑고 날카로웠다. 몸이 굳었다. 아무 말도 하지 못한 채 멍한 얼굴로 고개만 끄덕이며 병원을 나왔다. 그대로 친정으로 향했다. 엄마에게 울먹이며 태아가 이상하다는 말을 꺼냈다. 엄마는 당장 그 산부인과로 다시 가자고 했다. 나는 의사와 마주하고 싶지 않았다. 내 아이가 이상하다는 말을 또 들을까 두려웠다. 내가 주저하자 엄마는 내 손을 잡고 앞장섰다.

병원은 조용했다. 엄마가 의사를 만나는 순간, 분위기는 험악해졌다. 엄마는 딸이 더 큰 고통을 겪을까 두려워 극단적인 말을 꺼냈다. 의사는 "그건 불법이라 제가 할 수 없습니다."라고 단호하게 답했다. 엄마는 정상적이지 않은 아이를 어떻게 낳아 기를 수 있냐며 호소했다. 그러나 의사는 엄마의 말에 공감하지 않았다. 다른 병원에 가라는 말만 되풀이했다.

나는 어떤 결정도 할 수 없었다. 내가 잘못해서 모두가 힘들어졌다고 여겼다. 무엇보다 엄마가 의사 앞에서 무시당하는 순간이 마음에 걸렸다.

몇 차례 병원을 옮긴 끝에 고려대학교 병원에 입원했다. 누가 있었는지 기억나지 않는다. 병실은 조용했고 간호사만 가끔 지나갔다. 냉기가 올라와 몸이 떨렸다. 분만실에 나 혼자 있는 느낌이 깊게 파고들었다. 두려움이 밀려오니 아픔도 느껴지지 않았다. 눈물이 났다. 의사는 "울지 마세요."라고 단호하게 말했다. 나는 입술을 깨물고 소리를 삼켰다. 얼마 뒤 아이는 울음소리 없이 세상에 나왔다. 아이는 나의 품에 안겨보지도 못하고 떠났다. 아이 없이 걸어 나오는 길은 오래된 꿈처럼 흐릿해졌다. 하지만 그때의 기억을 잊을 수는 없다.

출산 휴가는 예정대로 주어졌다. 출산 휴가 2개월이 지났을 때 용산구청 여직원 세 명이 집으로 찾아왔다. 반가운 얼굴들이었지만 대화는 예상과 달랐다.

집에 있으면 더 안 좋은 생각만 들지 않느냐며 회사 쪽 사정을 조심스럽게 꺼냈다. 서무 주임도 힘들어하고, 과장님도 나왔으면 한다고 전했다. 배려가 아닌 압박으로만 들렸다. 처음에는 반갑게 웃으며 수박까지 썰어 대접했지만 그들이 돌아간 뒤에는 허탈감이 밀려왔다. 괜히 회복됐다고 말했나 싶었다.

퇴근하고 온 남편을 보자마자 분노가 치밀어 올랐다. "왜 우리 집까지 찾아와서 이래라저래라 하는 거야? 나를 너무 쉽게 보는 것 같아!" 남편은 회사 상황이 어려운 것 같다며 출근을 권했다. 남편의 말이 틀린 건 아니었다. 또한 나는 윗사람의 지시에 규정과 규칙을 내세우며 맞설 배짱도 없었다.

이틀 후 출근했다. 내키지 않는 마음은 여전했다. 과장은 내 안색을 살폈다. 나의 업무를 맡았던 직원은 "쉽지 않은 결정이었을 텐데 나와 줘서 고마워요."라고 말했다. 그 직원은 내가 하던 업무까지 맡아 하고 있었다. 두 달은 버텼는데 세 달째는 좀 힘들었다고 말했다. 과장에게 인원 보충을 건의하려다가 그만두었다고 했다.

출근해서 여직원들과 점심을 먹던 어느 날, 현지 주임이 조심스레 말했다. "그때 정말 걱정했어요." 함께 있던 여직원도 마음고생이 컸겠다며 위로의 말을 건넸다. 그러다 서무 주임이 내 발령을 막아줬다는 이야기도 들려주었다. 그 말을 듣는 순간 마음이 서서히 풀렸다.

그동안 나는 나의 일을 누가 대신하는지 알고 싶지 않았다. 사산의 고통이 크기에 그들이 나를 이해해 주어야 한다고 여겼다. 2개월에서 3개월로 늘어난 출산 휴가를 누릴 생각만 했다. 하지만 그 시간 동안 누군가는 조용히 내 자리를 지키고 있었다. 낯설게만 보였던 사무실은 따뜻한 곳이었다. 벽을 쌓고 있었던 건 나였다.

한 달 더 쉰다고 해서 규정을 어긴 건 아니었다. 하지만 그만큼 동료들과 가까워지는 데 시간이 더 걸렸을 것이다. 조기 복귀는 내가 동료들에게 다가갈 기회를 주었다. 그들 역시 나를 새롭게 보았다. 나에게 진정으로 필요한 건 쉼이 아니라 사람들의 따뜻한 마음이었다. 누군가는 나를 기다렸고, 또 누군가는 묵묵히 나의 빈자리를 채우고 있었다.

한 달 일찍 복귀하기로 한 결정은 단순한 조기 복귀가 아니었다. 그 선택은 나에게 동료들과 끈끈한 인간관계를 형성할 수 있는 계기가 되었다. 직장 생활의 본질은 규정과 규율에 있는 것이 아니라 사람과 사람 사이의 진심이라는 사실을 그때 다시 알게 되었다.

내가 먼저
사과했을 뿐인데

남편은 이모할머니의 소개로 만났다. 알고 보니 남편은 나와 같은 초등학교에 다녔다. 남동생과는 같은 대학 같은 학과 선후배 관계였다. 이런 우연이라면 결혼 생활이 평화로울 거라 믿었다. 하지만 우연은 우연일 뿐, 삶의 문제까지 해결해 주지 않았다. 결혼이란 집안과 집안이 얽히는 일이자, 사람과 사람의 관계로 확장되는 일이었다.

둘째 아이를 사산하고 출산 휴가를 보내던 중, 오빠가 친정 옆집을 매입했다. 엄마는 그 집으로 전세 오는 게 어떻겠냐고 물었다. 이 집은 내가 학창 시절부터 궁금했던 집이었다. 큰 대문 안에는 단층집이 있었고, 담장 위로는 무화과나무가 보였다. 마당 한가운데에는 꽃밭이 있었다. 꽃밭에는 노란 개나리와 연분홍 진달래가 피어 있었다. 가끔 그 대문으로 쪽진 할머니가 드나드는 모습을 볼 수 있었다.

그 집에 살 수 있다는 생각만으로도 마음이 설레었다. 무엇보다 내가 다시 출근하게 되면 딸을 친정에 맡겨야 했다. 이사를 가면 거리상 엄마도, 아버지도, 나도 모두 편할 수 있었다. 남편과 상의했다. 남편은 "장모님이 이사 오라고 하고 자기도 가고 싶다면 다 결정된 거네."라고 말했다. 퉁명스러웠지만 동의라 여겼다.

엄마는 이삿짐센터를 알아보았다. 엄마는 이삿날에 시댁 식구들이 오는지 물었다. 낼 모래로 이사 갈 날이 가까워졌는데도 시댁 식구들은 이사에 관해 묻는 사람이 없었다. 남편도 말이 없었다. 묻지 않으니 말을 꺼내기 부담스러웠다. 나의 결정에 화가 난 건 아닌지 그의 눈치를 살폈다. 대화가 없으니 점점 멀어지고 신뢰도 무너지는 것 같았다. 함께 사는 것보다 더 중요한 것은 함께 말하는 일이라는 생각이 들었다.

이사 가는 날, 나는 남편에게 시어머니는 언제쯤 오냐고 물었다. 남편은 어머니는 오지 않으니 우리끼리 이사하면 된다고 말했다. 남편의 표정은 밝지 않았다. 알 수 없는 싸늘한 말투에 마음까지 차가워졌다.

나중에야 알게 되었다. 시어머니는 우리가 친정 근처로 이사 가는 것을 달가워하지 않았다. 어떤 이유에서든 시어머니는 며느리가 친정과 가까워지면 시댁과 멀어진다고 느꼈던 것 같다. 아이를 돌봐줄 친정 가까이 가는 일이 어머니를 불편하게 했다는 사실이 오래 남았다.

남편은 어머니의 심경을 이사 가는 날까지 나에게 말하지 않았다. 사실을 알게 되자 그동안 무뚝뚝했던 남편의 입장을 이해할 수 있었다. 어머니와 나 사이를 오가며 서로의 말을 전하지 않은 것이 오히려 다행이라 여겼다. 그렇지 않았다면 더 많은 사람들이 상처 받지 않았을까. 나에게는 말도 못 하고 시댁에 가서 어머니의 불만을 들었을 남편의 모습을 생각하니 오히려 미안한 마음이 들었다. 시어머니가 반대했어도 나는 이사를 갔을 것이다. 친정과 우리 집이 멀다는 것은 그저 핑계에 불과했다. 내가 편하기 위해서다. 그 집에서 살아보고 싶어서였다.

이사하는 날은 일요일이었다. 시댁 식구들은 아무도 오지 않았다. 온다고 말한 적도 없었는데 엄마는 찰밥과 미역국을 한 솥 끓였다. 밥도 남고 국도 남았다. 텅 빈 밥그릇과 남은 음식을 보며 엄마는 자신 때문에 불화가 생긴 건 아닌지 걱정했다.

이사한 지 며칠이 지나자 시어머니 생각이 계속 나 신경이 쓰였다. 친정에서 웃고 있어도 문득문득 시어머니의 무표정한 얼굴이 떠올랐다. 며칠 고민한 끝에 용기를 내어 시댁으로 향했다.

어머니는 화가 난 것도, 반가운 것도 아닌 표정으로 나를 맞았다. 무슨 말을 해야 할지 몰라 손톱만 물어뜯다가 조심스럽게 입을 열었다.

"어머니, 저희가 친정 근처로 이사 간 게 서운하셨어요? 말씀드리지 않고 이사 결정한 점 죄송해요."

어머니의 표정은 여전히 굳어 있었지만 눈빛은 조금 누그러져 있었다. 나는 잘 왔다는 생각이 들었다. 사과를 건네자 어머니와의 거리가 조금 가까워진 듯했다.

이런저런 말을 꺼내며 어머니를 설득했다. 딸아이를 두고 직장에 다니려니 친정 부모와 가까이 사는 게 아무래도 낫다고, 예전에 살던 집에서는 좋은 일도 없었다며 이사해야 할 여러 이유를 말했다. 나는 자주 오겠다는 말을 하며 수줍게 웃었다. 어머니는 별다른 말 없이 고개만 끄덕였다. 그런데 이상하게도 내 마음이 먼저 풀리는 것을 느꼈다. 어쩌면 사과는 상대방을 위한 것이 아니라 나 자신을 위한 것일지도 모른다. 나는 더 이상 눈치 보지 않아도 되었다. 이제 어머니 앞에서 나를 감추지 않아도 되는 사람으로 조금은 자란 느낌이었다.

그날 집으로 돌아오는 길, 흔들리는 나뭇잎조차 다정하게 보였다. 사과를 건넸을 뿐인데 마음이 훨씬 가벼웠다. 사과는 자존심을 낮추는 일이 아니라 오히려 지키는 방법이기도 했다.

먼저 손을 내미는 사람이 결국 관계를 이어간다. 사과는 잘못한 사람이 하는 것이 아니라 용기를 낸 사람이 하는 것이었다. 그리고 그 용기는 가족의 온기를 지켜주는 힘이었다.

관계

새는 하늘에서 살고
지렁이는 땅속에 산다.

새는 하늘 세상을 알고
지렁이는 땅속 세상을 안다.

새는 날개가 있어 가고 싶은 곳을 마음대로 갈 수 있고
높은 곳에서 넓게 볼 수 있다.

지렁이는 솜털이 있어 온몸으로 느낄 수 있고
깊은 곳에서 온기를 세밀하게 느낄 수 있다.

그들은 서로가 전혀 알 수 없는 세상에서 산다.
그들은 서로 잡아먹고 잡아먹히는 관계다.

그러더라도
지렁이의 세상 이야기를 새가 귀 기울이고
새의 세상 이야기를 지렁이가 귀 기울인다면

하늘에서 땅속까지 모든 세상을 알 수 있다.

그런 세상이 왔으면 좋겠다.

◇ 5 ◇

이해하려 하자
마음의 결이 달라졌다

타인을 이해하려는 노력은 결국 나 자신을 보호하는 방법이기도 했다.

묵묵히 맡은 일을 해내는 것이 나의 방식이었다. 불평 없이 일하면 언젠가는 승진의 기회가 올 것이라고 믿었다. 승진은 나를 앞세우기보다는 실력이 뛰어난 사람이 먼저 하는 것이라고 생각했다.

그러던 어느 날, 나보다 늦게 입사한 남자 직원이 서무 업무를 맡게 되었다는 소식을 들었다. 서무 업무는 조직에서 다음 승진 대상자를 암묵적으로 드러내는 자리였다. 겉으로는 잡무처럼 보이지만 인사 흐름을 아는 사람에게는 신호였다. 윗사람들과 잘 어울리는 그의 모습을 보며 자연스럽게 위기감이 밀려왔다.

주변 사람들은 아무 말도 하지 않았다. 그 침묵은 내가 승진에 관심이 없는 사람이라는 암묵적인 표시처럼 느껴졌다. 함께 분노를 나눌 동료 한 명 없는 상황이 공허하게 다가왔다. 나도 가만히 있었던 건 아닌데 왜 기회를 잡지 못했을까. 워킹맘으로 일했던 지난 시간들이 허무하게 느껴졌다. 나이 많은 남자 직원이 우선시되는 현실에 무기력함과 허탈함이 밀려왔다.

그날 이후, 승진은 더 이상 나와 무관한 일이 아니었다. 일 못지않게 중요한 '나의 과제'가 되었다. 성실함만으로는 부족했고 승진 또한 내가 이루어야 할 일이 되었다.

마침 새로운 박 팀장이 우리 팀에 왔다. 승진과 인사 제도에 해박한 분이었다. 내 이야기를 들은 박 팀장은 현재 인사 서열상 내가 많이 밀린 위치에 있다고 설명했다. 마침 근속 승진 연수가 13년에서 11년으로 단축되었다. 박 팀장의 도움과 제도 변화 덕분에 나는 6급으로 승진할 수 있었다.

시간이 지나면서 박 팀장에 대한 소문이 들리기 시작했다. 승진 과정에서 특정 사람들을 더 챙긴다는 이야기가 돌기 시작했다. 그 소문은 믿고 싶지 않았지만, 시간이 지날수록 그의 행동에서 미묘한 차이가 느껴졌다. 그 차이가 실제인지, 내가 예민해진 탓인지는 끝내 분간하기 어려웠다.

몇 년 후 나는 첫 팀장 보직을 받았다. 재산2팀장으로 첫 부임을 했고, 옆 팀에는 재산1팀장으로 박 팀장이 있었다. 익숙한 얼굴이 옆에 있어서 든든했다. 당시에는 뭐든지 잘하고 싶었다.

어느 날 신규 직원이 재산세 팀에 배치된다는 소문이 돌았다. 6시가 넘은 늦은 시각, 나는 재산1팀 총괄과 우리 팀 총괄 직원과 함께 이 문제에 대해 논의했다. 그 사실을 재산1팀인 박 팀장이 알게 되었다. 팀 배치 결재도 나지 않은 상황에서 왜 자신에게 상의도 없이 마음대로 결정을 내리느냐며 따지듯 말했다. 조용히 말해도 될 일을 부하 직원을 혼내듯 큰 소리로 질책하니 기분이 상했다. 물론 그는 나의 선배다. 하지만 나를 여전히 부하 직원 다루듯 대하는 태도는 불편했다. 그 이후로는 마주치고 싶지 않았고 대화도 줄어들었다.

그 후 박 팀장이 승진하여 우리 부서 과장이 되었다. 친한 직원과 그렇지 않은 직원 사이에 알 수 없는 온도 차가 생겼다. 과장이 된 후에도 나와 여러 차례 충돌이 있었다. 5월 종합소득세 신고 기간이었다. 내가 직원 대신 세무서에 다녀온 일이 문제가 되었다. 과장은 "팀장이 돼서 왜 거길 가느냐!"라며 큰소리로 말했다. 나는 업무 파악을 위해 간 것이라고 설명했다. 과장은 직원이 해야 할 일을 팀장이 하고 있으면 팀장의 역할을 제대로 할 수 있냐며 공개적인 자리에서 강하게 말했다. 나는 직원의 일을 알아야 팀을 이끌 수 있다고 말했다. 나 역시 그의 말투에 감정이 상해 목소리가 커졌다.

옳고 그름을 따질 수는 없었다. 사무실에서 직원과 큰소리가 났다는 건 그리 좋은 일은 아니었다. 과장은 다른 부서로 가길 원했고 발령이 났다. 다른 부서로 간 과장과 마주칠 때마다 불편했다. 오랜 고마움과 깊은 갈등이 공존하는 관계는 쉽게 정리되지 않았다.

얼마 전 그 과장이 우리 부서에 다녀갔다는 이야기를 들었다. 함께 일하는 팀장이 나에게 물었다. "박 과장님이 우리 부서에 다시 온다면 어떻게 생각하세요?" 그의 질문에 나는 선뜻 대답하지 못했다. 반가운 마음은 아니었지만 그렇다고 노골적으로 싫다고 표현하고 싶지도 않았다. 내 안에는 복잡한 감정이 뒤섞여 있었다.

고마움과 불편함, 존경과 서운함이라는 상반된 감정들이 내 안에서 팽팽하게 맞서고 있었다. 그가 과거에 베풀었던 도움의 무게가 컸기에 단순히 '싫다'라고 단정할 수 없었다. 내가 잘했다고만 생각할 수도 없었다. 그의 존재를 말하자면, 고마움과 불편함이 동시에 남아 있는 사람이었다. 오랜 시간 복잡하게 얽힌 우리의 관계는 쉽게 정의 내릴 수 없는 감정의 응어리가 되어 내 안에 남아 있었다.

승진을 원할 때는 나에게 도움을 주는 사람이 '좋은 사람'이었다. 승진한 뒤에는 그 사람이 '불편한 사람'이 되었다. 사람을 바라보는 기준이 상황에 따라 이렇게 달라질 수 있다는 사실이 낯설었다. 그 변화 속에는 질투와 시기 같은 내 솔직한 감정도 함께 섞여 있었다.

이제는 다른 시선으로 사람을 보려 한다. '그가 어떻게 나한테 그럴 수가 있어?'라는 말은 내 상처와 분노를 키웠다. 하지만 어느 순간, 그 말을 '나도 그럴 수 있지'로 바꾸고 나서야 비로소 흥분이 가라앉았다. 타인을 이해하려는 노력은 결국 나 자신을 보호하는 방법이기도 했다. 그 마음 하나가 조직 속에서 내가 덜 상처받고, 나를 덜 미워하는 방법이었다.

사람의 마음은 '이해받을 때'보다 '이해하려 할 때' 더 단단해진다. 그렇게 나는 조금 더 너그러워졌고, 조금 덜 외로워졌다. 그것이 조직 안에서 오래 일하며 내가 얻은 것이다.

흔들려도 놓치지 않는
기준 하나

제도는 많아졌다. 하지만 내가 발령받았던 1995년 5월의 사무실은 지금과 달랐다.

석관동 주민센터로 발령받았다. 그곳에는 40대 중반의 여자 선배가 있었다. 긴 머리를 정수리까지 추켜올려서 묶고 다녔다. 초등학교와 중학교에 다니는 두 아들이 있다고 했다. 상사에게 굽실거리는 태도를 보이지 않았다. 자신의 의견을 분명히 말하는 사람이었다. 남자 직원들은 겉으로는 '여사님'이라며 존중하는 척했지만, 뒤에서는 성격이 불같다며 눈살을 찌푸렸다. 나도 그녀가 무서웠다. 하지만 남자 직원들의 농담에 내가 아무 말도 못 하고 있을 때 그녀가 나서서 나를 대변해 주었다. 그럴 때면 엄마 같았다. 선배의 모습을 보면서 나도 누군가를 편들어줄 수 있는 사람이 되어야겠다고 생각했다.

첫 아이 출산 휴가는 두 달이었다. 당시도 육아 휴직 제도가 있었다. 하지만 아무도 나에게 알려주지 않았다. 당연히 두 달의 출산 휴가를 마치면 출근하는 거라 여겼다. 육아 휴직을 사용한 사람을 본 적이 없다. 소문도 듣지 못했다. 제도는 있었지만 사실상 존재하지 않는 제도와 다름없었다.

첫 아이가 중학생이 되었을 무렵부터 상황이 달라졌다. 이제는 아이를 낳으며 육아 휴직을 내는 건 당연시되었다. 여직원들도 많아졌다. 자연스럽게 업무 공백이 생겼다. 사회 분위기상 받아들여야 했지만 남아서 일을 해야 하는 사람에게는 부담스러운 일이었다. 내가 아이를 낳았을 때는 출산 휴가도 눈치가 보였다. 그래서인지 당연해진 휴직을 바라보는 내 마음도 편치 않았다. 그때 내가 받았던 곱지 않은 시선을 같은 처지의 여직원들에게 돌려주고 있다는 사실을 알았다. 그 빈자리를 남아 있는 사람이 메워야 한다고 생각하니 나조차 임신한 여직원이 우리 팀에서 함께 근무하는 것이 달갑지 않았다. 제도만 보면 여성이 육아와 직장을 병행할 수 있는 것처럼 보인다. 하지만 현실은 언제나 제도만큼 따라주지 못했다.

몇 해 전 회사 게시판이 시끄러웠던 일이 있었다. 3년간 육아 휴직을 마치고 복직한 여직원이 곧바로 승진 대상이 된 것이다. 댓글이 쏟아졌다. "비리가 있는 것 아니야?", "없는 동안 일한 사람은 뭐가 되냐?", "열심히 일한 직원만 손해다."라는 불만의 목소리가 컸다. 나도 복직하자마자 승진 대상자가 된다는 사실이 납득되지 않았다. 그 자리를 지키며 일해 온 사람들의 얼굴이 먼저 떠올랐기 때문이다.

그 생각이 바뀐 건 몇 년 뒤, 육아 휴직을 마치고 복직한 직원과 함께 일하게 되면서였다. 3년 만에 복직한 강희 주임을 가까이서 보면서 현실이 보이기 시작했다. 강희 주임은 육아 시간을 사용해 오후 4시에 퇴근해야 했다. 그 시간에 맞추려면 하루를 쪼개 쓰듯 움직여야 했다. 한가한 두 시간이 주어진 것이 아니었다. 오히려 다른 직원보다 더 빠르게 일해야 했다. 퇴근 후에는 곧장 아이를 데리러 가야 했다.

그때야 몇 해 전 게시판에서 보았던 말들이 다시 떠올랐다. 편견은 모르는 자리에서 생기고, 이해는 가까이에서 시작된다는 걸 그때 알았다.

강희 주임은 승진을 못 했다. 5년 후배가 먼저 승진했다. 과장은 "업무 능력 때문은 아니었다."라고 어설프게 변명했지만 나는 그 이유를 짐작할 수 있었다. 육아 휴직이라는 선택이, 평가 과정에서 불리하게 작용했음을 부정하기 어려웠다.

강희 주임은 별말 없이 결과를 받아들였다. 제도가 있더라도 사람의 눈과 평가가 그 제도를 따라가지 못하면 불이익이 남기 마련이다. 나는 다음 근무 평정에서 강희 주임이 제자리를 찾기를 바랐다. 부서를 옮길 때는 새 부서 팀장에게 다음 근무 평정에서 불이익을 받지 않도록 부탁했다.

나는 종종 스스로에게 묻는다. '나는 어떤 팀장이 되어야 할까?' 얼마 전에도 그 질문을 다시 하게 만드는 일이 있었다. 신규 직원이 4주간 교육을 받으러 갔다. 민원 창구는 남은 직원들이 돌아가며 지켜야 했다. 그런데 선희 계장이 월요일부터 수요일까지 3일간 휴가를 신청했다. '아차' 하며 며칠 전 일이 떠올랐다.

권익위원회에서 공문이 도착했다. 조례 개정 관련 담당자 참석 요청 공문이었다. 선희 계장은 자신이 담당자이니 참석하겠다며 속초 수련원 예약을 취소해야겠다고 말했다. 나는 "내가 간다고 공문을 보냈어요."라고 답했다. 그녀는 "그럼 수련원 예약을 취소하지 않아도 되겠네요?"라며 반색했다. 나는 "그래."라고 대답했다.

그 후에, 선희 계장이 휴가 신청 결재를 올린 것이다. 마우스에 손을 얹고도 누르지 못했다. 그녀의 요청은 규정을 벗어난 것도, 무리한 것도 아니었다. 3일 동안 직원 두 명이 동시에 자리를 비우면 남은 직원들의 불만이 생길 수 있다고 여겼다. 이것이 선례가 되면 다른 직원들도 휴가를 내겠다고 할 때 허락할 수밖에 없다. 신규 직원의 공백이 길어지자 민원 창구에서도 실수가 잦아졌다.

퇴근하기 전에 나는 선희 계장을 조용히 불렀다.

"선희 계장, 그때 내가 판단을 제대로 못 했어. 그건 내 실수야. 그걸 자기가 알았으면 해서."

나의 말에 그녀는 담담하게 대답했다.

"안 된다고 하셨으면 수련원 예약을 취소했을 거예요. 그때 팀장님이 허락하신 거 아니었어요?"

"그래, 그때 내가 바로 안 된다고 말하지 못해서 미안해. 지금 그걸 바로잡으려고 하는 말이야."

원칙을 세운 것도 아니었고, 따뜻하게 배려한 것도 아니었다. 거절하지도, 기꺼이 허락하지도 못한 채 그녀를 힘들게 만들었다. 그날 그 말을 하면서 마음이 불편했다. 선희 계장에게도, 남아 있는 직원에게도, 나에게도, 원칙 없는 호의인지, 완고한 책임감인지 분간하기 어려웠다.

팀장이라는 자리는 제도를 바꿀 수는 없지만 외면할 수도 없다. 좋은 사람으로 보이기보다 사람이 중심이 되는 조직을 만드는 팀장으로 남고 싶다. 결국 조직을 지탱하는 것은 서로의 사정을 헤아리며 균형을 맞추려는 사람의 마음이다.

상대의 자리에서
무엇이 보였을까

신혼 때 내 귀에는 시어머니의 말투가 강하게 들렸다. 며느리의 역할을 중요하게 여기는 분처럼 느껴졌다. 그 생각이 바뀐 건, 녹두 빈대떡을 부치던 과거의 어느 날 덕분이었다.

어머니는 수십 년 동안 제사를 지켜왔다. 남편의 제사뿐만 아니라 혈연은 아니지만 남편을 키워 준 양아버지 제사까지도 정성껏 모셨다. 제삿날이면 큰어머니와 시고모가 왔다. 두 제사는 한겨울에 몰려 있었고 김장이라도 연이어 하는 날이면 어머니는 몸져눕기도 했다.

결혼해서 두 번째 시아버님 제삿날이었다. 나는 오후 휴가를 내고 시댁에 갔다. 부엌에 커다란 전기 프라이팬을 펼쳤다. 어머니가 녹두빈대떡 반죽을 프라이팬에 두르면 나는 익은 빈대떡을 골라 뒤집었다. 결혼한 지 두 해가 지났지만, 어머니와 단둘이 있으면 딱히 할 말이 없었다. 그 서먹함을 깨듯 어머니가 처음으로 돌아가신 아버님 이야기를 꺼냈다. "녹두만 보면 네 시아버지가 생각나." 하시며.

어머니는 남편이 벽에 걸린 사진보다 훨씬 잘생겼다고 했다. 말도 잘하고, 일도 빈틈없이 잘했다고 했다. 머리도 비상해서 서울에 올라와 돈도 잘 벌었다고 했다. 택시 세 대를 구입하고 기사를 두어 작은 택시 회사를 운영했다고 했다. 그런 사람이 한순간에 주검으로 나타나니 세상이 무너지는 것 같았다며 당시 얘기를 꺼냈다.

눈보라가 몰아치던 겨울이었다. 택시 기사가 저녁에 술을 한 잔 얼큰하게 마셨다. 시아버지는 기사가 술에 많이 취한 것 같다고 생각했다. 시아버지가 직접 운전하여 그를 집까지 데려다주었다. 돌아오는 길, 철길 건널목을 건너다 갑자기 달려온 기차에 치어 시아버지는 돌아가셨다고 했다. 당시 철길이 제대로 관리되지 않았다고 했다.

어머니의 나이는 30대 초반이었다. 아이 넷은 모두 어렸다. 시아버지의 죽음은 어머니에게 그야말로 청천벽력이었다. 어머니는 시아버지의 시신을 보는 순간 숨이 목구멍까지 차올랐다고 했다. 백지

장처럼 하얗게 변한 시아버지의 얼굴에서 공포감까지 느꼈다고 했다. 그 순간 어머니는 왠지 모르게 죽고만 싶었다고 말했다. 당시 점쟁이는 어머니의 모습을 보고 죽음 신이 끼어서 그렇다고 말했단다.

어머니의 모습을 본 어머니의 오빠는 걱정되어 어머니를 데리고 고향인 해남으로 내려갔다. 어머니는 시댁에 가서 죽겠다며 쥐약을 먹고 택시를 탔다고 했다. 택시 안에서 어머니가 이상하다는 걸 눈치챈 택시기사는 도착하자 어머니를 지인에게 인계하며 약을 먹은 것 같다고 귀띔해주었다. 고향 사람들은 녹두를 갈아 어머니에게 먹였다.

어머니는 녹두 반죽을 국자로 떠서 프라이팬에 올렸다. 어머니의 말은 담담했지만, 그 시간은 어머니 혼자 견뎌야 했던 끝없는 밤 같았다. "그때 녹두가 해독 작용이 있는 걸 알았지." 프라이팬에서 튀는 기름이 내 살결에 닿는 것처럼 어머니의 슬픔과 고통이 고스란히 전해졌다.

고향으로 내려간 지 열흘 만에 어머니는 다시 서울로 돌아왔다고 했다. 당시 어머니 집에는 어머니의 막내 여동생이 와서 자식들을 돌보고 있었다. 아버지의 죽음도, 어머니의 고통도 모르는 아이들은 그저 즐겁기만 했다. 서로 장난을 치던 중, 막내아들인 남편이 부뚜막에서 굴러떨어져 머리를 다쳤다. 아이는 자지러지게 울었다. 아이의 머리에서 선홍색 피가 뚝뚝 떨어지는 걸 보고 어머니는 크게 놀랐다. 그날 어머니는 아들을 업고 병원으로 달려가면서 살아야겠다는 생각이 들었다고 말했다.

그 후 어머니는 장사를 시작했다. 동대문 근처에 작은 곱창 가게를 열었다. 그곳에서 어머니는 20년 넘게 곱창을 볶았다. 곱창을 삶고 씻으면 새벽이 되었다고 했다. 어머니가 장사하는 동안 집안 살림은 큰 시누이가 도맡았다. 주말이면 작은 시누이가 와서 가게를 도왔다고 했다.

곱창 장사로 아이들을 공부시켰고, 집도 마련할 수 있었다. 하지만 어머니에게는 고혈압과 당뇨라는 병이 찾아왔다. 결국 장사를 접어야 했다.

"여자가 혼자 장사하는 게 쉬운 줄 알아?" 어머니는 그때의 힘들었던 기억을 떠올리며 고개를 저었다. 그럼에도 버틸 수 있었던 건 아이들이 말썽 없이 잘 자라주었기 때문이라고 했다.

어느새 녹두빈대떡 반죽이 줄어들어 있었다. 완성된 빈대떡이 채반에 가득 쌓여 있었다. 큰 시누이는 기일마다 반복되는 어머니의 이야기라며 식상해도 들어주라고 말했다. 하지만 나에게는 한 장의 오래된 사진처럼 깊은 울림을 주는 이야기였다. 어머니의 이야기를 듣고 나자, 어머니가 시련과 고통을 견뎌낸 삶의 증인 같다는 생각이 들었다.

　제사를 마치고 집으로 돌아오는 길에 남편에게 어머니의 옛이야기를 들었다고 했다. 남편은 이미 알고 있는 눈치였다. 나는 "그때 어머님이 돌아오지 못했다면, 당신은 고아가 되었겠네요."라고 말했다. 남편은 아무 말 하지 않고 고개만 끄덕였다.

　결혼 초기 어머니는 우리 부부와 함께 살기를 원했다. 하지만 친정 엄마는 단호히 반대했다. 나는 남편에게 전세금을 시어머니께 조금 도와달라고 부탁해보라고 했다. 내 말에 남편은 그럴 수 없다고 했다. "대학 등록금은 어머니가 내주셨어. 우리 집에서 등록금 내준 사람은 나뿐이야."라고 했다. 우리는 지하 단칸방에서 결혼 생활을 시작해야 했다. 어머니의 이야기를 몰랐던 시절, 나는 어머니도, 남편도 이해할 수 없었다. 하지만 이제는 어머니의 삶뿐만 아니라 남편의 삶까지도 알게 되었다.
　어머니의 옛이야기를 듣고 나서 그동안 어머니와 서먹했던 모든 순간들이 사르르 녹아내렸다. 어머니의 고집도, 어머니의 말투도 이해되었다.

◇ 8 ◇

말하지 않아도 들린
사랑의 깊이

누군가의 곁을 지킨다는 건 그 사람의 인생을 함께 견뎌내는 일이다.

관할 경찰서 보이스피싱 팀장에게 전화가 왔다. 남편이 알아채지 못하도록 현관 밖 비상구 계단에서 통화했다. 경찰서 팀장은 빨리 와서 진술하고 조사를 받으라고 했다. 나는 건성으로 알았다고 말한 뒤 전화를 끊었다. 다시 이한솔 검사에게 카카오톡을 보냈다. 검사는 경찰이 계속 부르더라도 서류 정리가 완료될 때까지 경찰서 방문을 미뤄야 한다고 말했다.

경찰보다 검사의 말을 더 믿었다. 내 명의 계좌로 불법 자금이 오갔다는 검사의 말과 내가 수사에 협조해야 누명을 벗을 수 있다는 말, 대출 자료를 원상 복구해 주겠다는 금융감독원 조사관의 말을 믿을 수밖에 없었다. 나는 그들이 서로 연결된 수사팀이라고 믿고 있었다. 그 말이 거짓일 거라고는 상상하지 못했다. 내 사정을 아는 사람은 그들뿐이었다.

이틀 후, 검사는 경찰서에 가서 모든 사실을 말하라고 지시했다. 검사가 말한 '다 말하세요.'라는 말은 대체 어디까지 말을 하라고 하는 것일까. 말하면 안 될 것과 말해야 할 것의 경계가 흐릿했다.

다음 날, 경찰서로 향했다. 정문에서 방문 목적과 방문 부서를 물었다. 3층 보이스피싱 전담반 진술실로 안내되었다. 젊은 경찰관 두 명이 파출소에서 넘어온 진술서를 검토하고 있었다. 그들은 시간 순서대로 자세히 진술해 달라고 요청했다.

딸과 함께 베트남 푸꾸옥으로 여행을 가기 위해 휴가를 신청하던 중 전화가 왔다는 이야기로 시작했다. 미리 작성해 둔 사건 경위 메모를 내밀었다. 날짜와 시간별로 정리해 놓은 내용이었다. 경찰관은 메모를 보며 질문했고 나는 그에 답하는 형식으로 진술했다.

내가 대출받은 횟수와 금액이 늘어날수록 경찰관의 눈은 점점 커졌다. 자판을 두드리던 손을 멈추고 나를 여러 번 놀란 눈으로 바라보았다. 그의 눈빛이 점점 걱정스러워질수록 현실이 점차 사실로 다가오는 것 같았다. 하지만 나는 믿고 싶지 않았다.

그들이 나에게 준 수표를 통장에 입금한 뒤, 현금으로 찾으려고 은행에 갔을 때 은행원의 신고로 파출소에 가게 되었다고 진술을 마쳤다. 경찰관은 내가 보이스피싱 현금책으로 돈을 전달하는 역할까지 했냐고 되물었다. 직장에 통보되고 징계 가능성도 언급했다. 나는 어안이 벙벙했다. 두 시간 동안의 진술 과정에서 나는 피해자에서 범죄자로 전락했다. 믿을 수 없었다. 이한솔 검사가 이 누명을 모두 벗겨줄 것이라 믿었다. 나는 끝까지 비밀을 지켰고, 검사의 이름도 말하지 않았다.

들어갈 때는 까다롭게 신분을 확인하고 용건을 묻던 경찰서 수위실 직원도 내가 나올 때는 아무 말이 없었다. 수위실을 지나 내리막길을 내려왔다. 경찰서에 가기 전까지 내 상황을 계속 묻던 검사의 카카오톡도 잠잠해졌다. 그 고요함이 오히려 더 무서웠다. 경찰서에서 진술을 마쳤다고 문자를 보냈지만 답장은 없었다. 답장이 없다는 건 그들이 나를 속였고, 내 돈을 떼먹고 달아났다는 묵시적인 통보였다.

순간 다리 힘이 풀려 휘청거렸다. 온몸에 힘이 풀리며 방광이 갑자기 조여 왔다. 도대체 내가 무슨 짓을 한 것인지 알 수 없었다. 대출을 받기 위해 휴가를 냈고, 딸과 베트남 여행 중에도 딸 몰래 내 일거수일투족을 그들에게 알렸다. 그들이 시키는 대로 따랐다. 은행 직원에게도 서슴없이 거짓말을 했다. 이 모든 게 보이스피싱범들에게 놀아난 것이라니. 넘긴 돈도 찾을 수 없다니!

20년 전부터 부어온 개인연금을 해약하여 모두 인출했다. 차곡차곡 모아둔 저축도 모두 해약하여 넘겼다. 살고 있는 아파트를 담보로 고금리 이자를 감수하며 2억 원을 대출받아 넘겼다.

부슬비가 내렸다. 우산을 썼지만 옷은 모두 젖었고, 핸드폰을 든 손은 부들부들 떨렸다. 내가 벌인 상황을 도저히 수습할 수 없었다. 집으로 갈지 한강으로 갈지 가슴이 쿵쾅거렸다. 갈피를 잡지 못하는 마음은 발길이 닿는 대로 몸을 맡길 수밖에 없었다.

어떻게 집에 왔는지 기억나지 않는다. 집에 들어서자마자 방바닥에 쓰러졌다. 참아왔던 울음이 터져 나왔다. 남편이 왜 그러냐고 물었지만 도저히 말할 수 없었다. 겨우 보이스피싱 피해를 입었다고만 말했다. 금액과 사기 수법에 대해서는 입을 열지 못했다. 남들의 이야기에 '어떻게 그걸 믿을 수가 있어?'라며 비웃던 내가, 그 당사자가 되어버렸다. 내 입으로 내가 저지른 일을 말할 수 없었다. 혼자서는 감당할 수 없는 상황이 두려웠다. 그렇게 울다 잠들었다.

새벽에 눈을 떴다. 옆에는 아무도 없었다. 창문 너머로 가로등 불빛과 간간이 지나가는 자동차 불빛이 보였다. 밤 풍경은 평소와 다르지 않았지만 나는 그 밤이 두려웠다. 어둠 속에 홀로 앉아 있으려니 나를 짓누르는 기운에 못 이겨 또 울었다. 내 울음소리에 거실에서 자던 남편이 방으로 들어왔다. 놀란 듯 나를 살포시 안았다. 나는 "미안해, 정말 미안해."라고 말하며 어깨를 들썩였다. 남편은 그 어깨를 토닥여 주었다.

남편의 다독임은 '함께 해결하자'라는 뜻으로 들렸다. 사실 보이스피싱 범죄자에 대한 분노보다도, 잃어버린 돈과 대출 문제가 마음을 더 무겁게 했다. 남편의 토닥임에 나는 문제를 수습해야겠다고 마음먹었다.

남편은 나를 데리고 경찰서를 여러 번 오갔다. 대부업체를 찾아가 보이스피싱범을 찾을 수 없냐고 물었다. 변호사를 찾아가 구제 방법이 없는지 문의하기도 했다. 나는 경찰서도, 대부업체도, 변호사도 만나고 싶지 않았다. 모든 것이 내 잘못 같았고, 나 때문에 그들을 귀찮게 만든다는 생각이 들었다. 하지만 남편은 달랐다. 나 대신 따져 물었다. 그들은 나의 이야기를 듣고 안타까워했다. 그 시선이 남편에게 머무는 순간, 그를 이 일의 또 다른 피해자로 만드는 것 같아 마음이 불편했다.

남편과 함께 2억 원을 대부업체 통장으로 이체하고 돌아오는 날, 나는 아무 말도 할 수 없었다. 나의 실수를 묵묵히 해결해 준 남편에게 고마웠지만 입이 떨어지지 않았다. 남편 역시 나에게 아무 말도 하지 않았다. 그 침묵은 말보다 더 큰 의미를 담고 있었다.

그제야 알았다. 사랑은 말로 증명되는 것이 아니라, 묵묵히 옆에 있어 주는 힘이라는 것을.

누군가의 곁을 지킨다는 건 그 사람의 인생을 함께 견뎌내는 일이다. 나는 이미 그 말보다 더 깊은 사랑을 침묵 속에서 보았다.

바람이 가져다준 향기

창문을 깨고 들어온 햇살을
밀어낼 수 없듯이

바람이 가져다준 향기를
밀어낼 수 없다.

이때는 아카시아 향기를
저때는 라일락 향기를
요때는 밤꽃 향기를

스치는 숨결로도 모자라
그만의 향기로 유혹하니

안 보인다고 무시할 수 없고
흔들린다고 미워할 수도 없다.

한차례 빗줄기로 향기를 잃었다손
나의 마음에 들어온 너의 흔적은
지울 수가 없구나.

가족이라는 길 위에서 나를 돌아봤다

두 걸음

절실함이
나를 움직인 날

누구나 자신만의 속도로 자리를 찾아간다. 나는 면접 앞에서 자주 움츠러들었다. 딸은 해보지 않은 일을 앞두고 막막해했다. 우리는 각자의 자리에서 꿋꿋이 버텼다. 포기가 아니라 절실함에 매달릴 때, 사람은 비로소 선택하고 나아갈 힘을 얻는다.

대학 3학년인 나는 학과 사무실 사물함에서 수업에 들어갈 교재를 챙기고 있었다. 깔끔하게 양복을 차려입은 남자 선배와 검은색 시폰 원피스를 입은 여자 선배가 학과 사무실로 들어왔다. 그들은 면접을 봤는데 질문에 제대로 답하지 못했다는 이야기를 나누고 있었다. 내년에는 나도 취업을 해야 한다. 선배들이 하는 말이 남의 일 같지 않았다.

시험보다 면접이 더 고민이 되었다. 낯선 사람 앞에 서면 가슴이 두근거린다. 목소리도 떨린다. 내가 무슨 말을 하고 있는지조차 알 수 없다. 중고등학교 시절, 노래 부르기 실기 시험이 고역이었다. 대학 와서는 교수님 앞에서 중국어 문장을 암기하는 시간이 괴로웠다. 취업을 하려면 면접을 봐야 한다. 면접 없이 취업할 수 있는 곳은 없을까?

대학교 1학년 때 식탁 위에 놓인 구청 소식지를 우연히 보았다. 구청에서 대학생 아르바이트생을 모집한다는 공고가 눈에 들어왔다. 신청했더니 운 좋게 공원녹지과에서 한 달간 근무하게 되었다. 두근거리는 마음으로 첫 출근을 했다.

사무실에는 철제 책상들이 마주 붙어 있었다. 예닐곱 명의 직원들이 서류를 뒤적이고 있었다. 곱슬머리에 뿔테 안경을 쓴 중년 남자 직원이 나를 부르더니 자신의 옆쪽에 자리를 마련해 주었다. 나는 문서의 색인 목록을 작성하는 일을 했다. 잘한다는 칭찬은 없었다. 그렇다고 못 한다는 지적도 없었다. 내 일이 관심을 끌 일은 아니었다. 할 일을 마치고 정해진 퇴근 시간에 인사한 뒤 사무실을 나가면 되었다.

나보다 네다섯 살 많은 여직원 언니가 한 명 있었다. 그 언니는 공원녹지과로 오는 서류를 분류하여 담당자에게 배부하는 일을 했다. 각자 맡은 업무를 성실히 수행하는 직원들의 모습이 편안해 보였다.

어느 날, 그 언니와 함께 지하 식당에서 점심을 먹고 올라왔다. 1층 민원대 한쪽 귀퉁이에 열댓 명의 사람들이 줄을 서서 서류를 제출하고 있었다. 책상 뒤쪽에는 '9급 공무원 필기시험 접수처'라는 현수막이 걸려 있었다. 나는 그 언니로부터 공무원은 학력이나 경력에 제한 없이 시험에 합격하기만 하면 구청이나 동주민센터에서 근무할 수 있다는 사실을 알게 되었다.

이후 대학 생활을 하면서 나는 공무원 시험 공고가 나면 빠짐없이 살폈다. 시험을 보러 다니며 문제 유형과 난이도를 파악했다. 언제, 몇 명을 선발하는지 알게 되었고, 공부의 양도 짐작할 수 있었다.

당시 9급 공무원 시험에도 면접시험이 있었다. 하지만 필기시험 점수가 높으면 면접은 합격 여부에 큰 영향을 미치지 않는다고 들었다. 나는 취업할 곳이 여기밖에 없다는 생각이 들었다. 월급도 꼬박꼬박 매달 20일에 나온다고 했다. 엄마는 제때 봉급을 받지 못하는 아버지와 자주 다투곤 했다. 공무원은 봉급 밀리는 일이 없다는 말에 공무원이 되기로 결심했다.

3학년 겨울방학 때 본격적으로 공부를 시작했다. 학교 도서관에는 취업 준비를 하는 학생들이 많았다. 그들은 토익 교재와 상식 책을 가지고 공부했다. 나는 '9급 공채 공무원' 교재로 공부했다.

그해 겨울은 대학 도서관에서 보내고, 4학년 1학기에는 휴학을 했다. 휴학 후에는 공부 장소를 정독도서관으로 옮겼다. 대부분의 동기들은 내가 휴학을 하는 것에 관심이 없었다. 단지 9급 공무원 시험 때문에 휴학한다는 사실을 아는 친구들은 굳이 휴학까지 해야 하느냐며 만류했다. 물론 휴학하지 않고 합격하는 친구들도 있었다. 하지만 난 한 번에 두 가지를 병행할 자신이 없었다.

9급 공무원 시험 합격이 내겐 그만큼 절실했다. 매일 아침 6시에 나와 도서관에 갔고, 저녁 10시에 도서관 문이 닫힐 때 집으로 돌아왔다. 점심은 새우탕 사발면에 밥을 말아 먹거나 식당에서 파는 우동을 먹었다. 자판기 믹스커피로 졸음을 쫓고, 에이스 크래커로 무료함을 달랬다. 힘겨움을 견딜 수 있었던 것은 절실함 덕분이었다.

딸은 대학 4년 내내 다양한 경험을 쌓았다. 편의점 아르바이트를 시작으로 서빙, 안내 도우미, 사무 보조 등 여러 아르바이트를 끊임없이 했다. 아르바이트를 하고 지쳐 들어오는 날이 많았다. 하지만 만족해하며 들어오는 날도 있었다. 언젠가 요가 센터에서 아르바이트를 할 때는 고객을 회원으로 가입시켜 성과급을 받았다며 만세를 부르며 환하게 웃고 온 적도 있었다.

졸업 즈음에 서울 지역 유치원 임용 고사 선발 인원이 '0명'이라는 발표가 나왔다. 딸은 대학 입시 때 왜 유아교육과만 고집했는지 후회스럽다고 말했다.

딸은 교생 실습을 마친 후, 유치원 교사라는 직업에 대해 '보수는 적고 일만 많은 힘든 업종'이라며 버겁게 느끼는 것 같았다. 진로에 대한 고민이 깊어지던 중, 딸은 선배들의 성공 수기 줌 강의를 들었다. 교사자격증이 있으면 캐나다에서 유치원 교사로 일할 수 있다는 사실을 알게 되었다. 그 이야기가 딸의 마음을 움직였다. 딸은 졸업하자마자 짐을 싸서 캐나다로 떠났다.

나의 대학 시절을 다시 회상해 본다. 만약 용기를 냈더라면 여러 곳에 면접을 보고 지금보다 더 좋은 직장에서 더 많은 월급을 받으며 직장 생활을 할 수도 있었을 것이다. 하지만 나는 면접이 두려웠다. 면접은 그저 높은 산처럼 느껴졌다.

딸도 서울에 있는 사립 유치원에 원서를 내고 교사가 될 수도 있었을 것이다. 하지만 당시 그녀에게는 한국에서 유아 교사로 사는 것이 이역만리 캐나다에 사는 것보다 더 두려웠다.

나와 딸은 두려움 앞에서 멈춰 섰다. 그러고 나서 각자 할 수 있는 길을 찾았다. 돌아보면 다른 길도 있었을 것이다. 하지만 그때의 나는 그 선택이 최선이었다.

두려움이 선택을 막기도 하고, 절실함이 길을 열기도 한다. 중요한 건 선택한 길로 걸어갈 힘이다.

딸아! 아들아!

엄마 가을이 온 것 같아요.
가을이 온 줄 어떻게 알았니?

아파트 마당에 있는 나뭇잎들이 빨갛고 노랗게 변하기 시작했어요.

그렇구나!
자연은 변화가 일어날지도 예견해 주고
인생의 우여곡절을 어떻게 넘겨야 하는지
어떻게 살아야 할지도 다 알려주지.

단지 우리가 자연에 무심하여
알지 못하고 지나갈 뿐이지
삶의 진리는 자연에 있단다.

애들아!
살다 보면 너희의 삶 앞에서 너희도 많이 흔들릴 거야.
그럴 때마다
머리 들어 하늘을 보고
뒤돌아서 너의 발자국을 보고
좌우를 살펴 주변을 보면

자연이 답을 알려 줄 거야.

삶은 너희에게만 모질지 않고
삶은 너희에게만 빛은 비춰주지도 않아.
때론 오는 비를 맞을 때도 있고
떨어지는 벼락이 너희의 콧날을 스쳐 지나갈 때도 있어.

그래도 딸아! 아들아!
자연은 쉼 없이 변화를 추구해.
그런 자연을 따라
너희도 쉼 없이 걸어가야 하는 거지.
돌길이 나오면 돌길을 걸으며
돌의 느낌을 느끼고
빙판길이 나오면 썰매를 만들어 타면서
미끄러지듯 쓸려가는 속도감 속에서
차디찬 바람과 싸우며
하얗게 흩날리는 얼음 조각이
꽃송이가 되어 흩날릴 때까지
그렇게 걸어가거라.

◇ 2 ◇

변화가 결국
나에게서 시작된 까닭

내가 바꿀 수 있는 건 딸이 아니라 나 자신이었다

일요일 아침, 사무실에서 줌으로 책 쓰기 강의를 들었다. 강의를 마친 후, 오전 10시쯤 집으로 돌아가는 버스에 올랐다. 버스 안에는 승객이 많지 않았다. 나는 버스 뒷문 앞자리에 앉았다.

버스 기사는 내리거나 타는 사람이 없으면 정류장을 그냥 지나쳤다. 핸드폰으로 유튜브 동영상을 보다가 고개를 들었다. 20대 후반쯤 되어 보이는 젊은 남자와 그의 어머니로 보이는 중년 여성이 뒷문 앞에 서 있었다.

버스 기사와 대화가 오갔다. 하차 벨을 미리 눌렀는데도 버스 기사가 지나친 모양이었다. 기사는 연신 죄송하다고 사과했다. 차는 이미 1차선으로 방향을 틀고 있는 상태였다.

두 모자는 자신들이 다음 정류장에서 내리겠다고 말했다. 짜증을 낼 수도 있었을 텐데 오히려 "그럴 수도 있죠."라며 기사의 실수를 너그럽게 받아들였다.

다음 정류장에서 나도 내릴 예정이었다. 그들과 함께 차에서 내렸다. 그들은 반대편 정류장이 어디 있는지 두리번거리며 살폈다. 나도 모르게 그들의 대화가 귀에 들어왔다. 묻지도 않았지만 횡단보도를 건너 오른쪽으로 가면 된다고 알려주었다.

나는 그들보다 앞서 걸었음에도 내가 왜 그 일에 마음이 쓰였는지 모르겠다. 남자는 환승을 위해 하차 태그를 해야 했는데 깜빡 잊었다며 아쉬워했다. 운전기사의 작은 실수가 두 사람의 불편으로 남은 게 마음에 걸렸다.

횡단보도를 건너면서 그들이 잘 가고 있는지 뒤돌아보았다. 모자는 반대편 정류장 쪽으로 걸어가고 있었다. 아들은 엄마를 바라보며 무언가 말했고, 엄마는 아들의 등을 조용히 두드렸다. 그 순간 그들이 서로에게 얼마나 따뜻한 마음을 품고 있는지 느낄 수 있었다.

집에 오자마자 점심을 준비하려고 냉장고 문을 열었다. 평소에 보지 못한 음식이 있었다. 딸이 오늘 저녁에 친구들과 먹을 음식을 준비한 듯했다. 커다란 일회용 접시에 연어, 토마토, 껍질을 벗긴 복숭아 등 여러 가지 재료가 가지런히 담겨 있었다. 와인 한 병도 냉장고 문 안쪽에 놓여 있었다.

딸은 음식을 만들 때 조미료의 양조차도 계량스푼으로 정확히 맞춘다. 저울로 무게를 재어 정밀하게 양을 조절하기 때문에 요리 시간이 오래 걸린다. 반면 나는 식재료도 집에 있는 것으로 대충 넣고, 양념은 밥숟가락으로 툭툭 넣는다.

각자 나름의 문제가 있다. 서로의 말이 틀렸다고 할 수는 없지만 상대방의 방식을 쉽게 인정하지 않는다.

딸이 친구 집에 음식을 가져가야 한다고 해서 차로 데려다주겠다고 했다. 딸은 헬스장에 다녀오는 김에 전화할 테니, 그때 냉장고에 있는 음식을 함께 차에 실어 달라고 부탁했다.

한가로운 오후, 식탁에서 꾸벅꾸벅 졸다가 딸의 문자 알림 소리에 깼다. '엄마, 이제 나와도 돼. 나올 때 까만 파우치도 같이 가져와 줘.'라고 쓰여 있었다.

딸 방에 가서 파우치를 찾아 사진을 찍어 보냈다. 격하게 끄덕이는 이모티콘에 웃음이 나왔다. 차 열쇠를 들고 주차장으로 내려갔다.

아파트 정문 앞에 차를 세우고 기다리는데, 딸이 헐레벌떡 달려왔다. 조수석에 앉자마자 안전벨트를 매며 냉장고에 있는 음식도 챙겼냐고 물었다. 나는 머리에 찬물을 뒤집어쓴 것 같았다. 파우치를 챙겨야 한다는 생각에 연어 샐러드와 와인을 가져와야 한다는 사실을 깜빡 잊고 말았다.

내가 아무 말도 하지 않자, 딸은 인상을 찌푸리며 나를 쏘아보았다. 잊은 건 내 잘못이다. 하지만 그녀의 눈빛을 마주하니 서운했다. '네가 나이 들어 봐라!'라는 말이 목구멍까지 차올랐지만 간신히 참았다.

나는 집에 가서 다시 가져오기는 싫었다. "네가 올라가서 가져와."라고 딸에게 말했다. 딸은 깊은 한숨을 내쉬며 차에서 내렸다.

딸 친구 집은 답십리동에 있었다. 차를 운전하는 동안 우리는 아무 말도 하지 않았다. 딸 친구 집 아파트 입구에 도착해서야 비로소 말을 꺼냈다. 무뚝뚝한 말 한마디였지만 마음을 건넸다.

"여기가 맞아?"

"응."

"내일 오는 거야?"

"응."

"집에 오는 길 알아?"

"응."

딸은 시선을 앞쪽으로 고정한 채 짧게 대답했다. 딸이 차에서 내리자 나는 조용히 차를 돌렸다. 아침에 버스에서 본 중년의 여자와 청년의 모습이 떠올랐다. 그들은 따뜻하고 너그러웠다. 그 모습을 보며 나는 그들이 부러웠다. 나와 딸의 관계는 왜 그들과 같지 않을까.

마음 같아서는 데려다주고 싶지 않았다. 화가 나 있었고 상처도 받았기 때문이다. 하지만 마음속의 불씨를 꾹 눌러 담고 결국 차를 몰았다. 말투는 여전히 무뚝뚝했다. 그래도 내가 먼저 딸에게 말을 건넸다. 관계 회복은 결국 누군가가 먼저 마음을 내는 데서 시작된다. 오늘은 내가 먼저 마음을 열었다.

딸과 나는 버스 안의 모자처럼 따뜻하고 훈훈한 관계는 아니었다. 하지만 오늘 나는 애썼다. 비록 서툴고 어색했지만, 내 마음을 먼저 내보였다. 그런 나를 오늘은 칭찬하기로 했다. 내가 바꿀 수 있는 것은 딸이 아니라 나 자신이었다.

◇ 3

거리를 두자
편안함이 찾아왔다

관계는 서로에게 끊임없이 관심을 가져야만 유지되는 것이 아니다.
오히려 어떤 순간에는 적절한 무관심이 관계를 더 단단하게 만든다.

다섯 살 된 아들의 손을 잡고 동네에서 유명한 영어 학원을 찾았다. 학원은 인터뷰를 통해 레벨별로 반을 나누었다. 이곳이라면 아들의 영어 실력을 키울 수 있으리라 믿었다. 어릴수록 영어를 빨리 배워야 한다는 주변의 말에 귀 기울였을 뿐, 부작용에 대해서는 생각하지 못했다. 겉으로는 아들을 위한 선택이라 말했지만 사실은 내가 안심하고 싶어 내린 결정이었다.

두 달에 한 번 보는 레벨 테스트에서 아들은 번번이 승급하지 못했다. 매번 새로운 아이들과 함께 이미 배운 내용을 다시 배워야 했다. 아들은 "영어 학원 가기 싫어."라고 말했다. 하지만 나는 '반복학습하면 실력이 더 탄탄해질 거야라고 생각해서 아들의 말을 무시했다. 담당 선생님은 매주 전화해 아이가 잘하고 있다며, 성실하다고 전했다. 형식적인 전화인 줄 알면서도 그 말에 안심했다. 시간이 지나면 나아질 것이라 기대했다.

그러던 어느 날, 학원 가방 속에서 빵점짜리 단어 시험지를 발견했다. 매일 보는 단어 시험에서 아들은 번번이 빵점이었다. 나는 3년 동안 그 사실을 몰랐다. 시험지는 가방 속에서 늘 사라졌고, 학원에서는 잘하고 있다는 말만 믿었다. 아들의 실력도 모른 채 유명 학원에만 보낸 나 자신이 빵점 엄마처럼 느껴졌다. 결국 그 영어 학원을 그만두었다.

집에서 가까운 동네 사설 영어 학원으로 옮겼다. 화상 수업을 병행하고, 방학을 이용하여 어학연수까지 보냈다. 방법은 계속 바뀌었지만 결과는 같았다. 아이는 영어를 더 싫어하게 되었고, 나는 더 불안해졌다.

중학교 2학년이 되어서야 아들의 영어 성적표를 볼 수 있었다. 겨우 60점을 넘긴 점수에 나는 망연자실했다. 잘한다는 생각은 하지 않았지만 이 정도일 줄은 몰랐다. 더 좋은 선생님을 찾아 잘 가르친다는 과외 선생님을 섭외하여 개인 과외를 시작했다. 하지만 3일째 되던 날, 아들은 "선생님이 저를 가르치면서 자꾸 한숨을 쉬어요."

라고 말하며 고개를 숙였다. 그 말을 들으니 나도 화가 났다. 그 말은 공부보다 아이의 자존심이 먼저 무너지고 있다는 신호처럼 들렸다. 선생님의 자질에 문제가 있다고 생각하여 과외를 그만두었다.

그렇게 초등학교와 중학교 내내 영어는 늘 내 숙제처럼 따라다녔다. 중학교 3학년 겨울방학, 영어 학원을 보내지 않는 나를 보고 남편은 "아들 공부 안 시킬 거야?"라고 말했다. 남편의 말에 나도 조급해졌다. 다시 학원을 알아보았다. 영어 학원을 찾아 원장 선생님과 상담했다. 아들의 성적을 확인한 원장은 같은 학년에서 공부하면 따라가기 어려울 것이라고 했다. 학원 강사 선생님과 일대일 과외를 한 후 어느 정도 실력이 쌓이면 합류하는 것이 어떻겠냐고 제안했다. 과외비가 다소 비쌌지만 나는 마지막 희망을 걸어 보기로 했다.

학원 강사와 일 년 이상 일대일 영어 과외를 했다. 일주일에 두 번 학원 강사가 우리 집에 와서 아들을 가르쳤다. 영어 성적은 나아지지 않았다. 결국 영어는 학원을 보내지 않기로 결정했다. 이후 다른 과목으로 학원을 보냈다. 수학, 국어, 과학 학원까지 보내봤지만 아들의 성적은 여전히 하위권에 머물렀다.

고3 여름방학, 나는 수시 원서 쓸 곳을 알아보았다. 재수는 없다. 어떻게든 이번에 아들을 대학에 보내는 것이 나의 목표였다. 전문

대학까지 알아보았다. 남편이 내 어깨너머로 컴퓨터 화면을 보았다. "벌써부터 전문대학을 찾아보면 어떻게 하느냐?"라며 한숨을 쉬었다. 힘이 빠졌다. 최선을 다하고 있는데, 내가 뭘 잘못하고 있는 걸까?

학교 진로 상담도 신청했다. 아들은 "내가 꼭 가야 돼?"라고 물었다. 나는 등을 떠밀어 데리고 갔다. 상담 선생님은 다른 고등학교에서 진로를 전문적으로 상담하는 선생님이었다. 그는 "고등학교 다니면서 공부 안 했구나."라며 성적표를 보면서 말했다. 그 말에 아들은 고개를 숙였다.

상담을 마치고 나오니 아들의 담임 선생님이 기다리고 있었다. 얼마 전 내가 담임 선생님에게 상담을 신청했으나 시간이 맞지 않았던 터였다. 선생님은 오신 김에 상담을 하자고 했다. 교무실 테이블을 사이에 두고 선생님과 마주 앉았다. 담임 선생님은 아들에게 "엄마가 이렇게 형진이가 잘되길 바라고 신경 쓰는데, 형진이가 대학에 가서도 부모님 걱정하지 않도록 생활을 잘해야 한다."라고 말했다. 아들이 대학에 갈 수 있다는 뜻으로 들렸다. 나는 아들의 3학년 1학기 기말고사 성적이 나왔는지 물었다. 선생님은 중간고사 때보다 성적이 더 나쁘다고 답했다. 아들은 고개를 숙인 채 묵묵히 선생님의 말을 들었다. 차라리 나 혼자 상담을 받으러 오는 게 나았겠다는 후회가 밀려왔다.

수시로 4년제 대학 6곳과 전문대 5곳에 원서를 제출했다. 아들은 "아무 데나 붙으면 갈게."라고 말했다. 대학에 가지 않겠다는 말보다 그의 결정이 마음에 들었다. 가슴 졸이다 들은 합격 소식은 대학의 레벨과 상관없이 기뻤다.

아들이 대학에 가면 생활 습관과 생각이 바뀔 거라 기대했다. 하지만 별다른 변화는 없었다. 주말에는 늦잠을 자고, 집에서는 주로 컴퓨터게임을 했다. 하지만 나는 더 이상 명령하거나 강요하지 않았다. 그래서였을까, 아들의 표정이 밝아졌다. 공부와 아르바이트에 지쳐 힘들어하는 아들보다, 게임을 하며 크게 웃고 떠드는 아들을 보는 게 마음이 편했다. "언제 철들래?"라고 물으면 아들은 "언젠가는 들겠죠. 항상 이러겠어요?"라며 배시시 웃었다. 나는 그 웃음에 기대를 걸어본다.

나는 아들을 학원에 보냈다. 아들을 위한 선택이라고 말했지만, 사실은 나를 위한 결정이었다는 것을 알았다. 아들의 성적표가 내 자존심이 되고 아들의 미래가 내 불안을 해소하는 도구가 되어서는 안 된다. 더 이상 아들을 내 틀에 가두지 말아야겠다는 생각이 들었다. 나 또한 나 자신을 '부모'라는 틀 속에 가두지 않기로 결심했다. 그저 아들이 스스로 길을 찾고, 자신의 속도로 성장할 수 있도록 지켜보기로 마음먹었다. 이것은 포기가 아니라, 아들을 온전히 한 사람으로 존중하는 나의 첫걸음이었다.

내가 성장하는 아들을 원한다면, 내가 먼저 성장하는 모습을 보여주기로 했다. 아들은 학교에 다니며 자신의 생활을 즐기고 있다. 나도 직장 생활을 하면서 틈틈이 책을 읽고 글을 쓰고 있다.

관계는 서로에게 끊임없이 관심을 가져야만 유지되는 것이 아니다. 오히려 어떤 순간에는 적절한 무관심이 관계를 더 단단하게 만든다. 나는 이제야 그 말의 의미를 조금씩 이해하게 되었다. 아들이 웃으며 게임을 하던 그날, 나는 마음을 내려 놓았다.

캐러멜

등굣길에 친구는 종종 캐러멜을 사서
나를 주었다
그걸 하나 얻어먹으면
등굣길이 즐겁다.
그 친구가 부럽다.

엄마에게 공책 두 권을 산다며
200원을 받아 100원짜리 공책
한 권 샀다.
50원짜리 캐러멜을 하나 샀다.
그러고도 50원이 남았다.

학교를 오가며 오물거리며
몰래 먹는 캐러멜
아직도 내 손에 있는 50원
세상을 다 가진 것 같다.

가방 안에 꼭꼭 숨겨둔
50원과 캐러멜
아낄수록 고민이 늘어났다.

엄마에게 들키면 어쩌지?
빨리 먹어 치울까?
어디에 숨겨야 들키지 않을까.

그러면서도
친구에게 캐러멜 하나 주기를
아까워했던 나.
결국 남몰래 나 혼자서 다 먹어버린
달콤한 캐러멜.

지금은 그때의 달콤한 맛이 기억에 없다.
고민하는 아이의 가슴 떨림만이
나의 기억을 흔든다.

작은 행동 하나가
말해 준 진심

세상은 하나의 기준으로 나눌 수 없다. 그럼에도 나는 오랫동안 내 잣대로 사람을 판단했다. 그러나 사람은 말보다 행동으로 진심이 드러난다는 것을, 이제야 조금 알겠다.

목요일 저녁, 식탁에서 남편이 금요일 오후에 약속이 있다고 말했다. 나는 아들에게 내일 저녁에 외식하자고 제안했다. 아들은 석촌호수 벚꽃을 보고 싶다고 했다. 그 근처에 있는 등촌 칼국수를 가기로 했다. 나는 입에 넣은 밥을 오물거리며 "영준이 일 그만뒀다며? 같이 가자고 해 봐."라고 무심히 말했다.

영준이는 아들의 친구다. 유치원부터 중학교까지 함께 다녔다. 아들에게는 영준이밖에 친구가 없는 것 같았다. 누굴 만났냐고 물으면 늘 "영준이"라고 대답했다. 고등학생이 되어서도 학교 친구는 없었다. 매일 영준이만 만나는 아들을 보며, 영준이가 형진이를 괴롭히는 건 아닌지 걱정했다.

남편은 영준이와 어울리는 것을 탐탁지 않게 여겼다. 그 말이 반복될수록 나의 생각도 그쪽으로 기울었다. 늘 영준이와 PC방에 가고, 통화하고, 만났다. 주말에는 영준이 집에서 자는 날도 있었다. 나는 넌지시 그쪽 부모님이 싫어하지 않느냐고 물었다. 아들은 영준이 어머니가 초등학교 때 돌아가시고 아버지와 둘이 산다며 괜찮다고 했다. "아, 그렇구나. 영준이가 외로웠겠네."라고 말하며 안타까운 척했다. 하지만 속으로는 '영준이가 평범한 아이가 아닐 수도 있겠다.'라는 의심이 들었다. 나는 나의 불안을 영준이라는 이름에 붙이고 있었다. 확실하지 않은 마음은 판단이 되어버렸다. 그 후에도 영준이에 대해 궁금한 점이 많았지만, 꼬치꼬치 캐묻지 못했다. 나의 속마음을 들킬까 봐 조심했다.

아들의 고등학교 성적은 좋지 않았다. 나는 그 모든 원인을 영준이 탓으로 돌렸다. 학원에 보냈지만, 영준이와 노느라 공부를 하지 않는다고 생각했다. 그렇다고 아들에게 영준이와 놀지 말라고 할 수도 없었다. 영준이가 아들의 친구라는 사실이 불편했지만 딱 잘라 나쁜 아이라고 단정 지을 수도 없었기 때문이다. 그렇게 고등학교 3년이 흘렀다.

영준이는 취업했고, 형진이는 대학에 갔다. 이제 둘을 떼어놓을 이유가 사라졌다. 입시가 끝나자 내가 붙들고 있던 이유도 함께 풀려 버렸다. 두 사람은 여전히 게임을 하고, PC방에 가고, 여행을 다니며, 술도 함께 마셨다. 아들에게 대학 친구들도 사귀어 보라고 권했지만 아들은 유치원과 중학교 때 함께 다녔던 친구들이 더 좋다고 말했다.

영준이가 취업한 지 일 년쯤 지났을 때, 아들은 영준이가 회사를 그만두었다고 말했다. 회사가 판교에 있어서 일찍 출근하는 것이 힘들어 그만두었다고 했다. 그 말을 듣고 나는 아들에게 "사회에 나가면 쉬운 일은 하나도 없어. 참을 줄도 알아야지."라고 말했다. 아들은 "그래. 엄마, 취직하기 힘들잖아. 참고 다녀야지. 내가 어딜 가겠어?"라고 말했다. 아들의 말에 나는 "그래도 형진아, 다니기 힘들면 그만둘 수도 있어."라고 말했다. 앞 뒤가 맞지 않는 말에 말끝에 힘이 없었다.

영준이와 함께 가자는 내 말에 형진이는 "엄마, 영준이가 요즘 중화동 샤브샤브 집에서 아르바이트해요."라고 말했다. 영준이 친구가 군대에 가면서 서빙 아르바이트 자리를 영준이에게 넘기고 갔다고 했다. 아르바이트한 지 서너 달이 되었고, 다음 주까지만 하고 다시 취업 준비를 할 거라고 했다. 나는 저녁에 석촌호수에 갈지, 영준이가 아르바이트하는 집에 갈지 정하라고 했다. "영준이에게 간다고요?"라며 아들은 눈을 동그랗게 떴다. "내일 엄마 퇴근 전까지 결정해서 전화 줘."라고 말했다.

나는 아들이 벚꽃이 활짝 핀 석촌호수 근처 칼국수 집으로 가자고 할 줄 알았다. 오후 5시쯤, "어디 갈래?"라는 내 문자에 영준이 아르바이트하는 곳에 가자는 답장이 왔다. 마침 친정 엄마도 저녁을 같이 먹자고 했다. 우리 셋은 영준이가 아르바이트하는 샤브샤브 집으로 향했다. 아들은 사전에 영준이와 수십 차례 카카오톡을 주고받은 듯했다. 내가 묻지도 않았는데 형진이는 7시쯤 간다고 했단다. 영준이는 양을 많이 주겠다고 했으며 도착 전에 전화하라고 했다는 말까지 전해주었다.

음식점은 중랑구 동부시장 내 5층 건물 2층에 있었다. 문을 열고 들어가자, 검은 옷에 앞치마를 두르고 검은 모자를 쓴 청년이 시원한 목소리로 외쳤다. "어서 오세요!"라고 인사를 건넸다. 주방 쪽에는 40대쯤 되어 보이는 여자가 야채를 그릇에 담고 있었다. 영준이는 예약석으로 우리를 안내했다. 예전보다 홀쭉해 보인 영준이는 다른 말을 나눌 새도 없이 주문 방법을 알려주고 계산대로 향했다. 그는 주방으로 가서 식재료를 분주히 옮겼다.

엄마와 나는 미나리 샤브샤브를 주문했다. 아들은 에이드가 포함된 샤브샤브 세트를 주문했다. 아들은 벌써 세 번째 방문이라며 메뉴를 자세히 설명해 주었다. 일인용 인덕션 위에 육수 냄비를 올렸고, 각종 야채를 냄비에 넣었다. 엄마는 개인별 세팅을 보고 신기해했다. 각자 야채와 고기를 넣으며 식사를 시작했다. 마지막에 칼국수 사리를 육수에 넣을 때쯤, 영준이가 서비스라며 죽을 끓여 먹을 수 있도록 밥과 계란을 가져다주었다. 별도로 주문하려 했는데 어떻게 알았는지 갖다 주는 영준이의 세심함에 놀랐다. 죽까지 먹고 나니 배가 터질 것 같았다. 우리가 밥을 먹는 동안에도 영준이는 주문을 받았고, 계산을 했고, 오가는 사람들에게 큰소리로 인사를 했다. 아들은 영준이 아르바이트가 끝나면 함께 술 한잔하고 집에 가겠다고 했다. 엄마와 나는 먼저 일어섰다. 죽까지 서비스로 받자 그냥 갈 수가 없었다. 형진이에게 오만 원을 주면서 영준이 맛있는 것 사주라고 했다.

나의 눈에는 결국 내 아들만 보였다. 영준이 엄마가 일찍 돌아가셨다는 말에 나는 영준이와 아들이 가까워지는 것이 편치 않았다. 마음 한구석에는 어딘지 모르는 불편함이 있었다. 하지만 세상에는 나와 조건과 환경이 비슷한 사람이 그리 많지 않다. 그렇기 때문에 다양한 사람들과 잘 어울려야 한다. 난 그걸 잊고 살았다.

그날 아들을 통해 건넨 오만 원에는 영준이에 대한 나의 미안함과 부끄러움을 모두 담을 수 없었다. 하지만 그 안에 내가 가졌던 편견을 실어 조용히 날려 보냈다. 말보다 행동과 태도, 그 안에 담긴 진심이 결국 사람을 말해준다.

곁에 머물렀을 뿐인데
달라진 온기

조직 검사 결과가 나왔다. 림프종이란다. 혈액암의 한 종류라고 했다.

병원에 다녀온 남편은 아무 말 없이 안방으로 들어갔다. 나는 평소처럼 아이들과 저녁을 먹고 설거지를 마쳤다. 행주로 손을 닦고 있는데 남편이 방으로 들어오라고 했다. 침울한 표정으로 아이들에게는 말하지 말라며 침을 삼켰다. 콧속이 부어 숨쉬기 어려웠던 원인이 암 종양 때문이라고 말했다. 순간 가슴이 쿵 내려앉았다.

남편은 밤마다 몸을 뒤척이며 입으로 숨을 쉬었다. 아침에는 잠을 못 잤다고 했다. 잠잘 때도 코 고는 소리가 컸다. 며칠 전 남편이 강남 삼성서울병원 예약했다는 말을 듣고서 나는 남편을 따라 병원을 갔었다. 의사는 부비동에 고름이 찬 것 같다며 간단한 수술이면 된다고 했다. 수술을 해 봐야 정확히 알 수 있지만 암일 가능성은 낮아 보인다고 덧붙였다.

의사는 수술 날짜를 잡으라고 했다. 남편은 다른 곳을 더 알아보겠다고 했다. 예약을 잡기도 힘들었다. 나는 의사를 본 김에 수술 날짜를 잡고 가고 싶었다. 암이 아니니까 빠른 수술이 나은 선택이라고 생각했다. 진료실 앞 의자에 앉아 남편을 설득했다. 남편은 다른 병원에 가보겠다고 했다. 결정을 미루는 남편을 보고 겁이 많다고 여겼다.

이후 남편은 내 말에 휘둘리지 않겠다는 듯 혼자 여러 병원을 알아봤다. 그 과정에서 서울대병원에서는 수술 없이도 조직검사가 가능하다는 이야기를 들었고 그곳에서 검사를 받았다. 오늘에서야 그 결과를 들었다. 암이라는 말을 듣고 나니, 내가 내 일이 아니라고 함부로 속단하고 판단했던 것이 미안해졌다.

친정 엄마가 대장암 4기 진단을 받고 열두 번의 항암 치료를 받았다. 그 고통을 알기에 위로의 말을 쉽게 건넬 수 없었다. 남편은 나보다 건강 관리에 더 신경 쓰는 사람이다. 프로폴리스와 유산균을 챙기고, 담배와 커피를 멀리했다. 주말이면 산에 올랐다. 건강 관리 면에서는 나보다 한 수 위다. 그런데 그런 그가 암에 걸렸다. 아무리 조심하고 자제해도 암을 피할 수 없는 모양이다. 누구에게나 찾아올 수 있는 종양이 나에게 오지 않은 것은 그저 내가 운이 좋았기 때문이다.

병원 예약 일에 반차를 내고 남편과 함께 병원에 갔다. 대기실에는 앉을 자리가 없었다. 암 종양 센터에 온 환자들은 모두 암 환자다. 겉으로 보기에는 아프지 않아 보인다. 진료를 마치고 나오는 환자의 표정으로 병의 상태를 대략 짐작해 본다. 표정이 밝으면 부럽고, 표정이 어두우면 걱정스럽다.

드디어 우리 차례가 되었다. 의사 선생님은 한참 동안 모니터로 살펴본 뒤 담담하게 말했다. "저번에 말씀드렸듯이 혈액암이 맞습니다." 남편과 나는 의사의 다음 말을 기다리며 그의 얼굴을 뚫어지게 바라보았다. 우리가 긴장한 것과 달리, 의사는 상투적인 말을 이어갔다. 네 번의 항암 치료와 방사선 치료를 받게 될 것이라고 했다. 남편은 수술이 필요한지, 그리고 항암 치료 중에 머리카락이 많이 빠지는지 물었다. 의사는 이 암은 수술로 치료하는 암이 아니라고 답했다. 빠진 머리카락은 다시 자라니 걱정하지 않아도 된다고 덧붙였다. 궁금한 점이 많았지만, 의사는 자세한 사항은 간호사가 설명해 줄 것이라며 말을 아꼈다.

간호사의 안내를 받아 항암 치료 안내 장소로 갔다. 몸무게를 재고 기다리자 남편의 이름을 불렀다. 주의사항을 듣고 항암제를 선택하라고 했다. 보험이 적용되는 항암제와 적용되지 않는 항암제가 있다고 했다. 효과는 당연히 보험이 적용되지 않는 항암제가 더 좋다고 했다. 더 좋은 신약이 나오고 있지만 보험이 되지 않는다며 효과를 강조했다. 선택이라기보다 형편을 묻는 질문처럼 느껴졌다.

계란 한 판을 살 때도 세일하는 날을 골라 사고, 당일 마트의 세일 품목을 보며 물건을 고르는 남편이었다. 그런 남편이 망설임 없이 말했다. "무조건 비싼 걸로 해주세요. 더 효과 좋은 건 없나요?" 그 말이 낯설게 들릴 만큼, 남편은 달라져 있었다.

항암 치료 예약을 마친 후, 병원 비탈길을 내려왔다. 대낮에 남편과 함께 혜화동 서울대학교병원 정문 앞에 섰다. 건너편 가로수의 나뭇잎이 바람에 살랑거렸다. 마음과 달리 날씨는 가벼웠다. 항암 치료를 시작하면 몸이 예전 같지 않을 것이다. 이런 날씨에 둘이서 걷는 일도 쉽지 않을 것이다. 남편이 항암 치료를 받아야 한다는 사실을 알게 되니 오늘 이 날씨가 소중하게 느껴졌다. 여기까지 왔으니 낙산에 올라가자고 했다. 남편은 말없이 고개를 끄덕였다.

산길을 걸었다. 남편이 먼저 입을 열었다. 남편 회사에도 혈액암으로 휴직 중인 사람이 있다고 했다. '남편만 겪는 일이 아니구나!'

순간 눈이 동그래졌다. 좋은 일이든 나쁜 일이든, 같은 경험을 가진 사람을 알게 되면 마치 동지를 만난 느낌이 든다. 그 사람에 대해 모든 것이 궁금했다. 남편은 그런 사람이 있다는 것밖에 모른다고 했지만, 남편에게 어떻게 치료받고 어떤 음식을 먹으며 어떻게 지내는지, 그 사람에게 물어보라고 했다. 남편을 어떻게 위로해야 할지 몰라 말문이 막혔는데, 마치 말문이 트인 듯 질문을 쏟아냈다. 회사 사람들의 반응부터 다른 증상까지, 머릿속에 떠오른 질문을 쏟아냈다. 그동안 대수롭지 않은 병으로 치부한 것에 대한 반성문이라도 쓰듯 남편 앞에서 주절거렸다. 결혼 후 남편과 이렇게 걸으며 진지하게 대화를 나눈 적이 있었나 싶었다.

받아들여야 하는 사실이었다. 이번 기회에 휴직하고 집에서 쉬면서 암 치료도 하고 인생의 쉼표를 찍는다는 생각으로 긍정적으로 바라보자고 말했다.

낙산을 돌아 서울 도성 성곽에 흐드러지게 핀 코스모스를 배경으로, 다른 여인들처럼 즐거운 척, 행복한 척하며 사진을 몇 장 찍었다. 나는 포즈를 취하며 남편에게 "잘 찍어 봐요."라고 말했다. 남편은 피식 웃으며 핸드폰으로 각도를 잡았다. 성곽을 밝히는 등이 하나둘 켜질 무렵, 우리는 동대문 쪽으로 내려왔다.

남편에게서 '혈액암'이라는 말을 들었을 때, 그에게 무관심했다는 생각이 들었다. 그가 밤에 끙끙거리는 소리를 들었다. "괜찮아?"라는 말 한마디 건네지 않았던 것이 마음에 걸렸다. 그래서였을까? 그 이후로 남편이 가는 병원에 따라가 그의 곁에 있으려고 애썼다. 내가 그에게 하는 말이 위로가 되었다고는 생각하지 않는다. 그 순간 내가 할 수 있는 일은 곁에 있는 것뿐이었다. 좋은 약을 먹고 좋은 병원에서 치료받는 것만이 치료가 되는 것은 아니다. 그의 곁에 머물러 주는 것, 함께 시간을 견뎌내는 것. 그것 또한 하나의 치료약이 아닐까.

병원 앞에서

나무 그늘 아래에서
따가운 햇볕을 피하며
살았네요.

그늘에서 나와
큰길을 건너 멀찍이
그 나무를 바라보니

나무 기둥은 꼿꼿한데
나뭇가지에 매달린 잎새는 햇빛을 막느라
정신이 없네요.
이제야 그 모습을 보게 되네요.

내 머리 위에서
나풀나풀 춤추고 있던 잎새가
즐거운 줄만 알았는데
햇살을 막아주기 위한
몸부림이었어요.

이제는 그 나무를 위해

가림막을 쳐야 할 때가 온 듯해요,

내가 비를 피했고 햇빛을 피했듯
나뭇가지가 바람에 꺾이지 않도록
잎새가 해충에 좀먹지 않도록.

이해가 끊어진 마음을
다시 잇다

"엄마, 내 얘기 안 듣고 있지?"

쏘아붙인 딸의 말에 나는 깜짝 놀랐다. 나는 그 말을 제대로 듣지 못했다. 무거운 뉴스에 정신이 팔려 딸의 말을 놓쳤다. 고개를 들었을 때, 딸은 거울 앞에서 자신의 외모를 보고 시큰둥해하고 있었다. 내가 아무 말도 하지 않자, 딸은 자신에게 관심이 없다며 목소리를 높였다. 졸고 있다가 들킨 사람처럼 고개를 저으며 얼버무렸지만, 딸은 믿지 않았다.

요즘 딸과 대화하기가 힘들다. 얼마 전 딸이 "엄마 닮아서 허벅지가 너무 굵어. 바지를 입으면 뚱뚱해 보여."라고 불평했다. 그런 딸에게 나는 "허벅지는 신체의 에너지 창고야. 허벅지가 굵다는 건 건강하다는 뜻이야. 나는 가는 다리가 오히려 보기 싫더라."라고 답했다. 딸은 내 얼굴을 빤히 들여다보다가 한숨을 쉬며 허탈해했다.

딸은 샌드위치를 좋아했다. "이 집 빵 맛있지 않아?"라고 물었고, 나는 "동네 빵집과 다를 바 없는데."라고 솔직히 말했다. 내가 느낀 대로 말하자 딸은 토라졌다. 요즘 딸은 내가 말하지 않아도 화를 내고, 말해도 기분이 좋지 않았다. 나는 속으로 '답답하다'라는 말만 되뇌며 깊은 한숨을 쉬었다.

딸은 올해 대학을 졸업하고 캐나다에 가서 유아 교사로 일할 준비를 하고 있다. 한 달 후면 딸은 동기생 두 명과 함께 캐나다로 떠난다. 처음 가는 길이라 걱정은 되었다. 하지만 그녀의 용기가 부럽기도 했다. 내가 용기 내지 못한 일을 딸이 한다니 포기하지 않기를 바랐다. 떠날 준비로 애쓰는 딸을 보면서도 내가 해줄 수 있는 일은 없다고 생각했다. 딸이 나보다 더 잘 알아서 준비하고 있다고 믿었다. 가끔 준비 상황을 물으면 돌아오는 대답은 "모르겠어."였다. 그 냉랭한 한마디에 더 이상 말을 걸 수 없었다. 내가 자꾸 묻자 딸은 자신도 불안하다며 묻지 말라고 했다. 그 이후로 더 이상 묻지 않았다.

4월이 되자 앙상한 가지에도 보란 듯 연둣빛 봉우리가 돋아나기 시작했다. 딸이 캐나다로 떠날 날이 19일 남았다. 나무는 어느 부분으로 계절의 변화를 알아차리는 걸까? 같은 집에서 살면서도 나는 딸의 마음을 알아차리지 못하겠다. 답답한 마음에 직장 동료들에게 이야기를 꺼냈다. 박 계장은 딸의 말을 듣고 질문을 해보라고 조언했다. 그간 질문을 안 해본 건 아니라고 말하자, 딸이 대답할 수 있는 질문을 해보라고 했다. 알겠다고 대답은 했지만 자신이 없었다. 딸의 마음을 열 수 있는 질문이 무엇인지 감이 오지 않았다.

집에 돌아와 책 쓰기 온라인 강의를 마쳤다. 자려고 이불을 펴는데, 딸이 안방 문을 살짝 열었다.

"엄마, 나 캐나다 가는 날이 이제 일주일도 채 남지 않았어. 나 이제 가면 언제 돌아올지 모르겠어."

"일 년 비자라며, 일 년 후에 다시 돌아와야 하지 않니?"

"나 일 년 동안 캐나다에서 지내보고, 그다음에 호주로 갈 수도 있어."

"호주에 간다고? 언제부터 그렇게 생각했어?"

"엄마, 그럼 내가 일 년 후에 돌아올 거라고 생각했어?"

두세 마디의 대화였지만 딸의 목소리는 가벼웠다. 묻는 사람이 엄마가 아니라, 내 편이 된 느낌이었을까. 내가 한 질문이 딸의 감정에 닿았을까? 무엇이 되었든, 주고받는 대화가 이루어졌다는 사실이 신기했다.

며칠 후 인천공항에서 딸과 포옹했다. "잘 다녀와."라고 말했다. 딸은 울음을 터뜨렸다. 집으로 오는 차 안에서 곰곰이 생각해 보았다. 타지에서 살아본 적 없는 내가 딸에게 조언하거나 알려줄 정보가 없다고 생각했다. 나는 딸을 믿는다고 생각했지만, 딸에게는 무관심으로 느껴질 수도 있었다. 딸의 불평은 걱정의 다른 표현이었다. 하지만 나는 그녀의 불평은 무시했고, 걱정은 해결해야 할 문제로 받아들였다. 문제를 해결할 수 없다는 것을 알았기에 반응하지 않았다. 그 침묵이 딸에게는 외면처럼 느껴졌을지도 모른다는 생각이 들었다. 미안하고 허전한 마음을 달래며, 파란 하늘을 가르는 비행기를 바라보았다.

앗! 그리워하고 반성할 시간은 짧았다. 딸은 다양한 통화 수단으로 어려운 일이 생길 때마다 나에게 연락했다. 거리상으로는 캐나다에 있지만, 인터넷상으로는 옆집에 있는 것 같았다. 첫날에는 여권을 잃어버렸다고 했다. 방에서 벌레가 나왔다고 했다. 이후 사소한 일들이 줄줄이 이어졌다. 나는 해결해 줄 수 없었다. 그저 이야기를 들어주고 안타까운 추임새만 넣을 뿐이었다. 나의 말에 상처받지 않도록 카카오톡 문구에 신경 썼다. 대화를 나눈 후에도 내가 하고 싶은 말만 한 것은 아닌지 되돌아보았다. 혹시나 상처받았다고 느낄까 봐 다시 문자를 남기기도 했다.

딸과의 관계가 점점 좋아졌다. 대화의 목적 자체가 달라졌다. 예전에는 문제의 해결책을 찾으려고 애썼다. 해결할 수 없는 문제라고 판단되면 입을 다물곤 했다. 그러나 이제는 다르다. 나는 그저 딸의 감정을 읽어주려고 노력했다. "그래 그렇게 느낄 수 있어."라고. 딸이 느끼는 짜증, 외로움, 불안함을 있는 그대로 인정해 주었다. "네 마음이 많이 속상하겠구나." "낯선 곳이라 더 힘들지?"라는 짧은 한마디가 마법처럼 느껴졌다. 나의 공감이 딸에게 닿았다. 서로의 마음을 헤아리는 대화는 불쾌한 여운을 남기지 않았다. 대화를 나눈 후에는 오히려 관계가 더 깊어졌다.

물론 나의 말투가 완전히 바뀐 건 아니었다. 아무 생각 없이 내뱉는 말에 딸은 "또 시작했네."라며 내 입을 막을 때도 있다. 그러면 "앗, 엄마가 또 가르치려고 하네. 미안해."라고 내가 먼저 인정했다.

헤아린다는 것은 해결하려 애쓰는 것이 아니라, 감정을 먼저 알아차리는 일이다. 가끔은 무슨 말을 어떻게 해야 할지 몰라 멈칫할 때도 있다. 하지만 나는 그 순간에도 관계를 놓치지 않으려고 노력했다.

'몸이 멀어지면 마음도 멀어진다.'라는 속담은 나에게 해당되지 않았다. 캐나다에 간 딸의 마음을 가까이에서 느끼기 위해 애썼다. 상대방을 이해하려는 그 노력이 좋은 관계를 유지하는 힘이었다.

귀를 열면
무엇이 들릴까

딸에게서 전화가 왔다. 캐나다는 오후, 한국은 아침으로, 서로의 하루가 겹치는 짧은 시간이다. 딸이 늘 먼저 전화를 건다. 나는 원래 전화를 잘하지 않는 사람이다. 말보다 침묵이 익숙했다. 그런데 딸이 떠난 뒤, 이상하게도 딸에게는 먼저 전화를 하고 싶어졌다.

낭랑한 목소리를 기대했지만 수화기 너머의 딸은 고민이 많아 보였다. 딸의 목소리가 평소와 달랐다. 나는 정신을 바짝 차리고 딸의 말을 들었다. 이런 전화가 늘 반갑기만 한 것은 아니다. 하지만 딸이 고민이 있을 때 나를 찾았다는 사실만으로도 우리 사이의 끈이 아직 이어져 있다는 생각이 들었다.

그동안 우리는 많이 부딪혔다. 말은 들었지만 마음까지 듣지는 못했다. 성격이 맞지 않는다고, 서로를 몰라준다고 싸웠다. 때로는 싸운 이유조차 잊은 채 서운함만 남았다.

그 시간들을 지나며 알게 된 것은, 나는 딸의 말만 믿었을 뿐, 마음까지는 보지 못했다는 것이었다. 딸이 누군가를 쉽게 판단하는 말을 할 때마다 나는 마음을 묻기보다 말투부터 고치라고 했다. 훈계를 먼저 꺼냈다.

딸은 "나도 다 안다고. 하지만 내 마음이 그렇다고."라고 말했다. 나는 "알면 그렇게 말하지 말아야지."라고 되받아쳤다. 딸과 나는 다른 사람이었다. 딸은 모르는 것이 아니었다. 내가 딸을 몰랐던 것이다.

딸은 캐나다에서 주 4일, 하루 3시간씩 어린이집에서 시간제로 일하고 있다. 최근 함께 지내는 친구가 풀타임으로 취업했다고 했다. 그 친구가 부럽다며 자신도 풀타임으로 바꿔야 할 것 같다고 말했다. 그런데 지금 원장님이 너무 잘해 주어서 그만둘 수 없다고 했다. 사정이 나아지면 근무 시간도 늘려주겠다고 하며 오래 함께 일하자고 했단다. 아이들도 예쁘고 원장님도 좋다고 했다. 그래서 더 말을 꺼내기 어렵다고 했다. 그만두고 싶은 이유가 백 가지가 넘지만, 그만두겠다는 말은 선뜻 나오지 않는다고 했다.

여기까지 듣고 나니 '그만두면 되지, 뭐가 그리 고민이야?'라는 말이 목구멍까지 올라왔다. 그러나 꾹 참았다. 이번에는 해결책을 던지지 않기로 했다. 내 생각보다 그녀가 무슨 말을 하고 싶은지, 왜 나에게 이 이야기를 하는지 먼저 알고 싶었다. 괜히 내 말부터 내뱉었다간 또 '엄마는 내 말 안 들어.'라는 원망을 남기고 대화가 끊길 것 같았다.

딸의 고민은 단순히 '그만둘까 말까'가 아니었다. 결심은 마음속에 있었지만 말로 꺼내지 못하고 있었다. 이야기 도중 '엄마 얘기만 하지 말고 내 말 좀 들어'라는 말이 수화기를 타고 귀에 닿을 때마다 그녀가 진짜 원하는 것은 내 조언이 아닐 수도 있다는 생각이 들었다. 귀는 딸의 말을 들었고, 손은 볼펜을 들었다. 써 놓은 글을 보니 질문이 떠올랐다. "지금 그만두면 어떻게 되는데? 원장님은 왜 그렇게 말했을까?" 조심스럽게 질문을 던졌다.

딸은 주저하지 않고 답했다. 답은 이미 딸 마음속에 있었다. 다만 생각이 엉켜서 꺼내지 못하고 있었을 뿐이었다. 나는 딸의 말을 정리해 주기로 했다.

"예원아, 엄마가 보기에는 지금 네 마음이 직장에 있어도 편하지 않고, 집에 와서도 불편한 것 같아. 원장님이 잘해주시는데 그만두면 피해를 줄 것 같다는 생각이 들지? 친구 이야기를 들으면 마음이 조금 복잡해질 수도 있겠다. 그 마음이 나쁘다는 뜻은 아니야.

그런데 어쩌면 그 불편함은 네 마음이 어디로 가고 싶은지 알 수 없어서 생기는 것 같아.”

“내가 어디로 가야 하는데?”

“네가 원하는 풀타임 일자리를 찾아 지원하고 면접 보러 다니는 거야. 그렇게 시작하면 원장님에게 미안한 마음도 줄어들고, 친구를 보며 느끼는 마음도 조금은 가벼워질 거야.”

딸은 잠시 말이 없었다. “나, 사실은 풀타임으로 일하고 싶어. 돈도 좀 벌고 싶고.”라고 말했다. 딸은 대우가 좋고 월급 많이 주는 곳을 찾아보겠다고 했다. 나는 지금 다니는 직장이 구직하기 좋은 조건의 직장이라고 말했다. 딸은 한참 생각하더니 낮지만 단단한 목소리로 “다음에는 좋은 소식을 전할게.”라고 말하며 전화를 끊었다.

팁팁한 입안에 박하사탕을 문 듯 시원했다. 딸이 화를 내지 않았다. 울지도 않았다. 내가 변한 걸까, 딸이 변한 걸까. 딸은 나에게 공감 능력이 형편없다고 말했다. 사실 공감 능력이 생긴 것은 아니었다. 단지 이번에는 대화를 잘 마무리하고 싶었다. 그래서 내 생각보다 그녀의 말을 듣는 쪽으로 방향을 바꿨다. 그녀의 말에 귀를 기울이다 보니 자연스레 궁금증이 생겼고, 그 궁금증이 질문으로 이어졌다.

질문에 또박또박 답하는 딸을 보며, 나는 어떻게든 딸이 스스로 결정할 수 있도록 질문했다. 딸은 원장님께 폐를 끼치고 싶지 않았다. 그리고 이기적으로 보이고 싶지도 않았다. 그래서 전전긍긍하며 정작 자신이 해야 할 일에는 집중하지 못하고 있었다.

얼마 전까지만 해도 딸의 전화를 받는 것이 두려웠다. 또 화를 낼까 봐, 원망의 화살이 날아올까 봐. 지금은 다르다. 나는 내 말을 줄이고 그녀의 말을 듣는다. 들어주다 보니 질문이 생기고, 그 질문이 또 이야기를 열어주었다. 소통은 결국 말을 잘하는 것이 아니라 잘 들어주는 것이었다. 상대방의 마음에 귀 기울이면 그 마음에 닿는 말이 나온다. 내 말에 귀를 기울이는 딸을 보며 딸도 나도 달라지고 있음을 느꼈다. 말을 줄이고 귀를 열자, 우리 사이에 길이 생겼다.

◇ 8 ◇

외로움이 나를
단단하게 만든 이유

작년 4월, 딸이 캐나다로 떠났다. 그로부터 1년 3개월이 흘렀다. 딸이 한 달 휴가를 내고 한국에 온다고 했다. 한국으로 오는 비행기 표를 예약했다는 소식을 들었을 때, 오기만 하면 뭐든 해주고 싶었다. 영상 통화 속 식탁에 놓인 생선 조림과 김치찌개를 보며 딸은 '맛있겠다'라고 말했다. 나는 딸이 먹고 싶은 음식을 하나씩 적어가며 딸이 올 날을 손꼽아 기다렸다. 서울 서촌의 한옥 숙소도 예약했다. 친정 엄마와 딸, 나, 아들, 이렇게 넷이 조용히 하룻밤을 보내자는 계획을 세웠다.

광장시장에서 육회비빔밥을 먹고 숙소로 가기로 했다. 육회비빔밥과 산낙지 한 접시를 주문했다. 딸은 꿈틀거리는 낙지를 보며 사진을 찍겠다고 했다. 핸드폰을 찾았지만 없었다.

딸은 그날도 핸드폰을 집에 두고 나왔다. 그러더니 집에 다녀오겠다고 말했다. 나는 "하루 정도는 없이 지내보는 게 어때?"라고 툭 내뱉었다.

딸은 시무룩해졌다. 숟가락을 내려놓으며 비빔밥을 그만 먹겠다고 했다. 분위기는 순식간에 싸늘해졌다. 친정 엄마는 상황을 풀어보려 아들에게 "형진이가 집에 다녀와라."라고 말했다. 나도 딸을 보내기 싫었다. 오늘의 주인공은 딸인데, 그녀를 고생시키고 싶지 않았다. 나도 아들에게 다녀오라고 했다. 하지만 이미 분위기는 가라앉아 있었다. 딸은 동생에게 "됐어, 가지 마."라고 말했다. 함께 있던 우리 셋은 서로 눈치만 살폈다.

좋아할 거라 짐작한 계획이 딸에게는 짐이 되었다. 나는 서운하기보다 마음이 무거워졌다. 청계천을 걷자는 엄마의 말에 그러자고 했다가 딸의 표정을 보고 마음을 바꿨다. 근처 스타벅스로 들어가 더위를 피했다. 말없이 앉아 있던 딸은 고개를 숙였다가 창밖으로 시선을 돌리며 말했다.

"괜히 한국에 온 것 같아."

그 말을 듣는 순간, 마음이 덜컥 내려앉았다. 딸의 표정이 굳어 있었다. 내가 무슨 말을 해도 닿지 않을 것 같았다. '내가 한 말이 그렇게 상처가 되었을까?'라고 되뇌었다. 딸이 상처를 받았다면, 그 상처를 풀어야 할 사람은 바로 나라고 생각했다. 다만 방법을 몰라 답답할 뿐이었다.

숙소는 독채로 조용했다. 대문 옆 작은 문을 여니 나무 욕조가 있었다. 딸은 주변을 둘러보지도 않고 집안으로 들어가 침대에 몸을 던지고 이불을 뒤집어썼다. 나는 일부러 밝은 목소리로 말했다. "어머, 식기도 다 있네! 와, 저 담쟁이덩굴 정말 예쁘다. 목욕탕도 있어!" 엄마도 내 말에 감탄하며 "서울에 이런 곳이 있구나!" 하고 맞장구를 쳤다.

나는 엄마에게 목욕하자고 말했다. 나무 욕조에 따뜻한 물을 받고 입욕제를 풀었다. 딸도 함께 목욕했으면 좋겠다고 생각했지만, 딸을 부를 용기가 나지 않았다. 마침 엄마가 딸을 데리고 욕조가 있는 곳으로 왔다.

딸은 표정 없이 욕조 앞에 섰다. 거품이 천천히 올라왔다. 못 이기는 척 물에 몸을 담갔다. 엄마와 나는 "좋다."라는 말을 반복했다. 그때 딸의 목소리가 낮게 흘러나왔다.

"캐나다에서는 혼자 생각하고 혼자 사느라 외로웠어. 한국에 오면 괜찮을 줄 알았는데 여기서도 외로워. 평생 이렇게 살아야 한다고 생각하니 눈물이 날 것 같아."

나는 쉽게 말을 꺼내지 못했다. 대신 조용히 말했다. "예원아, 사람은 누구나 외로워. 곁에 누가 있어도 마음이 닿지 않으면 더 외로워. 그래도 너를 생각하는 사람이 있다는 걸 떠올려 봐. 그 순간만 큼은 외로움이 조금은 줄어들 거야." 나는 거품을 딸 어깨에 살짝 올려주었다. 하얗고 가벼운 거품이 무거운 감정 위에 잠시 앉아 있었다.

그날 딸의 외로움은 생각보다 깊어 보였다. 나는 그 깊이를 다 헤아리지 못했다. 외로움에서 벗어나고 싶어 돌아온 한국에서 다시 느낀 외로움은 아마도 벗어날 수 없다는 무력감으로 다가왔을 것이다. 내 말이 딸에게 위로가 되었는지는 잘 모르겠다. 하지만 목욕 후에 나는 그녀와 함께 빵도 사고 저녁 음식을 사러 나갔다.

내가 마련한 공간도, 함께 있는 가족도 그 외로움을 덜어주지 못했다. 딸을 위해 모든 것을 준비한다고 여겼다. 하지만 딸의 마음보다 내 계획을 먼저 앞세웠다는 생각이 들었다. 이번 계획이 나를 위한 것은 아니었는지 돌아보게 되었다.

딸에게 핸드폰은 단순한 기계가 아니었다. 그 안에는 딸의 삶이 담겨 있었다. 길도 기록도 사람도 그 안에 있었다. 나는 그 필수적인 물건을 가볍게 여겼다.

믿었던 사람이 내 마음을 알아주지 않을 때 외롭다. 하지만 그 외로움이 내 삶의 전부는 아니다. 그 외로움 속에서도 반짝이는 순간이 있다.

외로움을 인정하는 순간, 나는 나를 이해하기 시작한다. 누구나 외롭다. 외롭지 않은 사람이 아니라, 외로움을 아는 사람이 결국 더 단단해진다. 나도 외로울 때가 있다. 그럴 때마다 이렇게 말해본다. "내 마음은 나만이 안다. 나는 지금 외롭구나." 그 한마디가 내 삶을 조금씩 바꾸는 힘이 된다.

연

겨울바람 맞으며 연을 날린다.

바람 타고 꼬리를 흔들며 나는 연이 참 예쁘다.

거친 바람에 연은 참 잘도 날아오르지만

얼레를 잡고 있는 내 손은 너무나 시리다.

바람 타고 날아오르는 연은

얼레에 감긴 연줄을 계속 풀어 올리고

연을 끌어내리려고 얼레를 감아도

바람과 뒤엉킨 연은 내려오려 하지 않는다.

너무도 높이 올라간 연.

언 손을 녹이려면 난 연줄을 끊고 돌아가야 하고

그럼 연은 훨훨 날아가 버리겠지.

그리고 찾을 수가 없겠지.

연줄을 꼭 잡고 있으련다.

거친 바람에 연줄이 끊어져 제멋대로 날아가 버리면

할 수 없겠지만

바람이 잠잠해지면

내가 연줄을 잡고 있는 이상
내려온 연을 어딘가에서라도
찾을 수 있겠지.

일터에서
태도를
단단히 세웠다

세 걸음

힘든 날을 버티게 한
작은 의식

실수 후에는 마음이 괴롭다. 그러나 그 괴로움의 이면에는
민원인을 생각하는 진심이 있었다.

신규 직원이 한 달간 교육을 받으러 갔다. 그동안 팀원들은 돌아가며 민원 창구 업무를 담당했다. 민원 창구에서는 각종 세금 관련 서류를 발급하는 일을 했다.

그날은 내 차례였다. 털모자를 쓰고 배낭을 멘 60대 아주머니가 내게 다가왔다. 그녀는 취득세 고지서 발급을 요청했다. 신분증을 받아 조회해 보니 신축 아파트 조합원으로 신고가 되어 있었다. 취득세 고지서가 없어서 왔다는 걸 짐작할 수 있었다.

아주머니는 신용카드나 계좌 이체로 세금을 낼 수 있는지 물었다. 나는 가능할 것 같다고 대답했다. 차라리 잘 모른다고 말했어야 했을까? 아주머니는 그러면 그렇게 해달라고 했다. 이미 물러서기

엔 늦었다. 민원인이 많아 바로 처리하기는 어렵다고 말했다. 아주머니는 기다리겠다고 했다.

고지서를 보니 납부 마감일이 바로 오늘이었다. 우리가 하는 일은 납부가 아니라 고지서 발급이다. 납부를 대신해 달라는 민원은 반갑지 않다. 납부를 도와주느라 해야 할 일을 못 할 수도 있다. 게다가 납부 방식이 나뉘어 있어 내가 처리할 수 있는 일인지 확신이 없었다.

옆으로 지나가던 연희 주임을 불러 세웠다. 연희 주임은 입사 5년 차 직원이다. 카드와 계좌 이체로 나눠서 납부할 수 있는지 물었다. 연희 주임은 가능하다고 답했다.

연희 주임은 아주머니에게 자녀가 있으면 집에서 이택스(온라인 세금 납부 시스템)로 처리하라고 안내했다. 그러나 아주머니는 집에 가도 도와줄 사람이 없다고 했다. 여기까지 왔으니 해달라고 다시 한번 부탁했다. 나는 도와주고 싶었지만 확신이 없었다.

그 자리에 서 있는 시간이 길어질수록 내 마음은 더 조급해졌다. 그때 연희 주임이 나서서 자신이 해주겠다고 말했다. 나는 그 말에 안도하면서도 마음이 편치 않았다. 내가 시작한 민원을 그에게 맡긴 기분이 들었기 때문이다.

연희 주임이 아주머니를 데리고 민원 창구 컴퓨터 앞으로 갔다.

나는 다시 창구로 돌아와 다른 민원을 처리했다. 그러나 시선은 자꾸 그쪽으로 향했다. "납부가 안 됐나요?" 내가 다가가서 묻자 연희 주임은 카드 결제는 되었지만 계좌 이체는 인증서 문제로 진행되지 않았다고 했다. 공인인증서 유효 기간이 만료된 상태였다. 그 말을 듣는 순간 더 도울 방법이 없다는 생각이 먼저 들었다. 아주머니가 다른 방법은 없냐고 물었다. 연희 주임은 구청 안에 있는 은행에서 인증서를 갱신하라고 안내했다. 아주머니는 알겠다고 말하며 민원실을 나갔다. 나는 연희 주임에게 아주머니가 다시 오면 내가 하겠다고 말했다. 내가 시작한 일이었기에 내가 마무리하고 싶었다.

잠시 뒤, 아주머니가 인증서를 받았다며 휴대폰을 들고 민원실로 들어왔다. 아주머니를 내 자리로 안내했다. 이택스에 접속해 전자 납부번호를 입력하자 과세 내역이 화면에 떴다. 이제 끝이 보인다고 생각했다. 그러나 납부 단계에서 오류가 발생했다. 다시 시도해도 결과는 같았다. 아주머니의 표정이 점점 굳어갔다. "아까 그 사람 어디 갔어요?" 그 말에 심장이 빠르게 뛰었다. 괜히 내가 나섰다고 생각했다. 손끝이 떨렸다. 지금 이 상황이 아주머니에게는 답답함으로, 나에게는 부담으로 쌓이고 있다는 걸 느꼈다. 연희 주임을 찾았지만 그는 다른 창구에서 업무를 보고 있었다. 나는 그를 부를 수 없었다.

아주머니와 함께 민원실 공용 컴퓨터 쪽으로 자리를 옮겼다. 그곳에서 세금을 처리하고 있던 법무사 직원에게 도움을 요청했다. 그녀는 인증서가 있는 휴대폰으로 진행해야 한다고 말했다. 그 말에 조금 안심이 되었다. 아주머니 휴대폰에 앱을 설치했다. 계좌 입력 단계에서 다시 막혔다. 나는 다시 법무사 직원에게 물었다. 그녀는 화면을 잠시 보더니 아주머니 계좌를 입력하라고 말했다. 아주머니가 적어준 계좌번호를 천천히 입력했다. 잠시 후 이체 완료 문자가 떴다. 나는 그제야 길게 숨을 내쉬었다.

이번에는 운 좋게 연희 주임과 법무사 여직원의 도움으로 민원을 해결했다. 하지만 민원인의 입장을 고려하다가 낭패를 본 적은 한두 번이 아니었다. 민원인의 세금을 대신 내주었다가 돈을 물어준 적도 있었다. 실적 때문에 공매를 진행했다가 발생한 수수료를 민원인에게 청구하지 못해 내가 부담한 적도 있었다. 차량 이전이 급하다는 민원인의 말에 압류 해제를 먼저 해 주었다가 끝내 납부가 이루어지지 않아 내가 대신 납부한 적도 있었다.

다시는 민원인 입장을 고려하지 말아야지 다짐하면서도, 나는 같은 실수를 반복하고 있었다. 실수 뒤에는 늘 마음이 괴로웠다. 그 괴로움은 단순한 후회가 아니었다. 나는 그때마다 나 자신을 의심했다. 이 일을 맡아도 되는 사람인지, 세금을 부과하고 징수하는 역할이 나에게 맞는지 자꾸 묻게 되었다. 민원인을 조금 더 생각했을 뿐인데 그 선택이 나를 작게 만들었다. 그래서 더 힘들었다. 일이 어려운 게 아니라 나 자신을 몰아붙이는 마음이 버거웠다.

그러나 이제는 안다. 그 실수의 괴로움 이면에는 민원인을 생각하는 진심이 있었다. 나는 그 마음을 놓치고 싶지 않았다. 실수는 부끄럽지만 그 안에는 여전히 사람을 향한 마음이 있었다. 그 사실 하나만으로 나는 이렇게 나에게 말했다.

"내 의도가 민원인에게 해를 끼치려는 행동은 아니었잖아."

바람

바람을
잡으러 갔어요.

손으로도
마음으로도
눈으로도

보이지도 않고
만져지지도 않고
머물지도 않는

바람을
잡으러 갔어요.

파란 하늘에 노닐고 있는
하얀 뭉게구름도 잡아 왔어요.

따뜻한 햇살에 일어나기 싫어 뒤척이는
나뭇가지도 잡아 왔어요.

만나서 반갑다고 손 흔드는
풀잎도 잡아 왔어요.

하지만
내 마음속에 있는 바람은
어떻게 잡아야 할까요.

흔들려도 끝내
놓지 않았던 태도

사무실에 고함소리가 울려 퍼졌다. "농협 계좌는 압류하지 말라고 했잖아. 왜 압류한 거야!"

휴가가 끝난 월요일, 사무실에 출근했다. 내가 없는 사이 결재된 서류를 훑어보았다. 그중 성일 주임이 예금 압류로 천백만 원을 징수했다는 문서가 눈에 띄었다. 체납자는 이희석 씨였다. 꽤 큰 금액이라 놀라웠다. 문제가 없었는지 궁금했다.

요즘 구청에서는 민원인에게 예금 압류 사실을 사전에 통지하지 않는다. 사전 통지를 할 경우 체납자가 예금을 다른 곳으로 옮길 수 있기 때문이다. 체납자는 은행으로부터 예금이 압류되었다는 문자를 받고서야 압류 사실을 알게 된다. 문자를 받은 체납자들은 우리에게 전화를 걸어온다. 사정을 봐달라는 사람도 있지만 대부분은 불쾌한 감정을 우리에게 쏟아낸다. 체납자는 우리를 '갑'이라 부르지만 욕설과 항의를 그대로 감당해야 하는 입장은 늘 우리 쪽이다.

성일 주임은 세무직으로 20년 이상 근무한 직원이다. 그는 사교적이지는 않지만 자신의 업무를 묵묵히 수행한다. 화를 내는 일도 없으며 웃는 모습도 드물다. 퇴근 시간이 되면 저녁을 먹고 들어와야근하는 경우도 잦다.

나는 성일 주임에게 이희석 씨가 난리 피우지 않았냐고 물었다. 그는 한숨을 쉬며 이희석 씨가 전화해서 소리를 고래고래 질렀다고 말했다. 전화를 받자마자 담당자 업무 인수인계가 제대로 이루어지지 않았다고 타박했다고 했다. 성일 주임은 그제야 이전 기록을 다시 확인한 후 죄송하다는 말을 수없이 했다고 전했다. 얼마나 혼이 났는지 성일 주임은 "그 사람 예금 압류 이제는 어려울 것 같아요."라고 힘없이 말했다. 천만 원이 넘는 체납액을 받아낸 그를 칭찬해 주고 싶었지만 그의 낮은 목소리를 들으니 어떤 말도 쉽게 나오지 않았다.

성일 주임에게 '잘했다.'라고 해야 할지, '수고했다.'라고 해야 할지, '힘들었겠다.'라고 해야 할지 망설였다. 체납된 세금을 어렵게

징수한 것은 칭찬할 만한 일이다. 그러나 나는 칭찬을 주저했다. '잘했다'라는 말 대신 다른 말을 해주고 싶었다. "상담 내역을 보지 않은 게 다행이네."라고 말은 했지만 그 말이 칭찬인지 위로인지 격려인지 알 수 없었다.

이희석의 상담 내역을 살펴보았다. 2020년부터 직원들과 나눈 상담 내용이 차곡차곡 쌓여 있었다. 상담 기록에는 체납자가 반복해서 남긴 요청들이 적혀 있었다. 그중에는 '농협 계좌는 압류하지 말아 달라'는 요구도 있었다. 4년 동안의 상담 이력은 스크롤바를 한참 내려야 할 정도로 방대했다. 한 화면에 빼곡히 적힌 상담 내용은 글자 수만큼이나 그의 사정을 봐달라는 간절함이 느껴졌다. 동시에 직원들은 그의 사정을 이해하고자 애쓴 흔적이 남아 있었다.

마음이 복잡해졌다. 성일 주임이 상담 내역을 확인하지 않은 것은 실수일까? 농협 계좌를 압류한 것은 규정을 위반한 것일까? 중간에 분납도 하고 완납도 했지만, 그는 체납과 분납을 반복하는 사람이었다. 사정을 봐주었으나 현재는 완납되지 않은 상태다. 체납, 분납, 완납을 반복하며 직원과 통화를 이어갔다. 수많은 체납자 중 한 사람만 특별히 챙길 수는 없는데 그 체납자는 자신만 챙기지 않았다고 화를 냈다.

규정만 놓고 보면 이번 압류는 결과적으로 옳은 선택이었다. 하지만 상담 내역을 꼼꼼히 살폈다면 천만 원을 추심하는 데 망설였을 것이다.

민원인의 억울함을 외면하고 싶지 않다. 그들의 사정 하나하나가 진심으로 다가온다. 하지만 체납금을 받아야 하는 우리의 입장도 무시할 수 없다. 체납금을 받지 못하면 업무를 제대로 수행하는 것이 아니고, 체납금을 받기 위해 단호하면 매정한 공무원이라는 비난을 받는다. 공무원은 친절해야 한다고 하지만, 상대방의 사정을 고려하지 않는 공무원은 아무리 친절해도 불친절한 사람으로 비친다. 그 사이에서 나는 매일 기준을 다시 세운다.

성과 목표는 냉정하다. 걷어야 할 금액은 정해져 있으며, 목표를 달성하지 못하면 원인을 분석해야 한다. 민원인은 사정을 호소하고, 나는 그들의 인간적인 마음에 흔들린다.

실적을 올리기 위해서는 때로는 압류라는 강제력이 동원되기도 한다. 한 번에 납부가 어려운 이들에게는 분납을 권하며 타협점을 찾으려고 한다. 하지만 세금을 내지 않으면서도 우리 앞에서 당당한 민원인도 있다. 나는 나의 일을 해야 함에도 그들의 요구에 무너질 때가 있다. 주객이 전도된 기분이 든다. 이 상황이 편하지 않다는 것을 알면서도 나는 매일 이 현실을 마주하며 민원인에게 전화를 걸고 전화를 받는다.

　우리는 해야 할 일을 해야 한다. 체납 세금을 징수하는 일은 나의 역할이다. 그러나 이희석 씨 같은 사람을 만나면 어디까지 이해하고 어디까지 죄송해야 하는지 경계가 흐려진다. 여태껏 민원인의 사정에 마음이 끌려왔지만, 이제는 단호함도 필요하다는 걸 배운다. 단호함은 냉정함이 아니다. 해야 할 일의 경계를 지키는 일이다. 그 경계가 무너지면 민원인도 나도 모두 힘들어진다.

　성일 주임이 겪은 일은 그 단호함을 지키지 못해 생긴 아픔이었다.

　민원인의 사정을 모른 척하라는 게 아니다. 다만 그들의 이야기를 다 들어주면서도 원칙의 선은 지켜야 한다. 진심은 따뜻해야 하지만 기준은 분명해야 한다. 그 두 가지가 함께할 때 공무원도 흔들리지 않고 민원인도 억울하지 않다.

◇ 3 ◇

욕심을 내려놓은 날,
하루가 달라졌다

목표를 낮게 잡으라는 말은 어떻게든 시도해 보라는 의미다.

목표는 높게 설정하는 것이 좋을까? 낮게 설정하는 것이 좋을까? 어떤 사람은 목표를 높게 잡아야 한다고 말한다. 그래야 한계를 넘어서는 힘이 생긴다고 한다. 물론 틀린 말은 아니다. 하지만 시작을 하려면 목표를 낮게 잡아야 한다.

나는 직장 내 '매일 독서' 동호회 회원이다. 일 년 전에 가입했다. 각자 책을 읽고 단상을 나누는 느슨한 모임이었다. 처음엔 활발했지만 시간이 지나자 채팅방은 공지 게시판처럼 변했다. 단상 글은 사라졌다. 자율도 중요하지만, 제대로 운영되려면 규칙이 필요하다는 생각이 들었다.

대면 독서 모임은 분기별로 열었다. 책 선정과 후기 작성은 내가 맡았다. 이번 책은 『웬만해선 아무렇지도 않다』로 정했다. 회원 열 명에게 책을 무료로 주고 모여서 토론했다. 사십 편의 짧은 소설로 구성되어 있어 쉽고 재미있었다. 특히 등장인물의 입장에서 "나라면 어땠을까요?"라는 질문은 사람들의 생각을 깊이 이끌어냈다.

나는 이 책이 초보 독서가들에게 적합하다고 소개했다. 짧은 단편이라 쉽고 재미있으며, 우리 일상에서 일어나는 일을 소재로 했기 때문이었다. 덧붙여 대면 모임을 한 달에 한 번 정도 했으면 좋겠다고 말했다. 회원 여섯 명이 말없이 나를 바라봤다. 좋은 말이었지만, 그들의 표정은 '우리는 어렵다'라는 무언의 표정 같았다.

모임을 마치고 버스를 탔다. 창밖의 건물들이 스쳐 지나갔다. 내 머릿속에도 오늘 했던 말들이 스쳐 지나갔다. '회원들은 한 달에 한 번 모이는 것을 원하지 않는다. 그렇다면 내가 직접 해보면 되지 않을까.' 이번 책은 누구나 쉽게 읽을 수 있었다.

다음 날, '매일 독서' 오픈 채팅방에 글을 올렸다. 『웬만해선 아무렇지도 않다』 책을 빌려주면 직장 내 직원들을 대상으로 독서 모임을 진행하겠다고 했다. 회원들의 반응은 긍정적이었다. 회원들이 자신의 이름이 적힌 책을 부서함으로 보내주었다. 총 다섯 권의 책이 모였다.

미리캔버스를 활용하여 카드 뉴스 형식의 홍보물을 제작했다. 누구나 자유롭게 참여할 수 있는 모임임을 강조하였다. 직장 내 자유 게시판에 올렸다. 선착순 다섯 명만 참여 가능하다는 점과 책은 대여해 준다는 내용을 안내했다.

사내 자유게시판에 글을 올리자마자 10분 만에 댓글이 달렸다. '정말 좋은 기회네요', '참여하고 싶어요.' 등 응원의 메시지가 쏟아졌다. 글자를 크게 하고 사진도 첨부하니 눈에 잘 띈 모양이다. 반응이 좋아 참여자가 많을 것이라 기대했다. 신청은 개인 메일로 받았고, 선착순으로 마감하기로 했다.

홍보 안내문을 올린 다음 날부터 매일 메일함을 확인했다. 하지만 참여 신청 메일은 한 통도 오지 않았다. 댓글을 남긴 사람들이 신청할 거라는 내 기대는 빗나갔다. 신청 마감일이 다가올수록 괜히 섣불리 나섰다는 생각이 들었다. 신청자가 없으니 포기도 쉬웠다. 나만 안 하면 되는 일이었다.

마감일 다음 날, 한 통의 메일이 도착했다. '게시판을 늦게 확인했는데, 지금 신청해도 될까요?' 어떻게 답변해야 할지 고민했다. 신청자가 없어 취소되었다고 할까? 아니면 기간이 지났으니 불가능하다고 할까? 어떤 답변이든 거절이었다. 거절하기로 마음먹으니 온통 하지 않을 핑계만 떠올랐다.

답장을 하려고 키보드에 손을 올렸다. '죄송합니다. 신청자가 없어서 이번 모임은 취소되었습니다. 다음에 좋은…' 여기까지 쓰고 백스페이스를 눌러 모두 지웠다. 그리고 다시 썼다.

'그럼요, 환영합니다. 읽을 책은 제가 갖다 드릴게요.'

내가 독서 모임을 하고 싶은 이유는 혼자 읽을 때보다 함께 읽을 때 더 많은 것을 얻을 수 있기 때문이다. 몰랐던 이야기를 듣고, 다른 사람의 생각을 공유할 수 있다. 혼자 읽으면 그것은 나의 생각에 머문다. 하지만 함께 읽고 이야기를 나누면 나의 생각과 다른 시선을 만난다. 이런 좋은 점을 직원들이 경험해 보길 바랐다. 단 한 사람이라도 참여하고 싶어한다면 모임을 해야 한다는 쪽으로 생각이 바뀌었다. 다섯 명 이상이 되어야 한다는 생각을 버렸다. 한 명이라도 원하면 모임을 여는 것이 맞다.

그러자 그 한 사람을 위해 내가 직접 사람들을 모아야겠다는 생각이 들었다. 그 사람이 독서 모임의 좋은 점을 조금이라도 느끼고 갈 수 있도록 돕고 싶었다. 두세 명 정도 더 있으면 좋겠다고 생각했다. 부서 여러 사람에게 권유했지만 반응은 시큰둥했다. 상대방의 반응에 의기소침해지지 말자고 다짐했지만, '생각해볼게요.'라는 말이나, '약속이 있어서요.'라는 말을 들으면 서운했다. 상대방에게는 괜찮으니 부담 갖지 말라고 웃어 보였지만 기운이 빠지는건 어쩔 수 없었다. 그래서인지 내 말을 잘 들어줄 사람을 골라서 권유했다. 오히려 아는 지인에게는 더 말하지 못했다.

점심을 먹고 내 자리를 지나가던 신규 직원을 불러 세웠다.

"7월 31일에 독서 모임이 있는데, 책도 빌려줄게요. 시간 되면 와 보는 게 어때요?"

"그래요? 저 책 좋아해요. 참석할게요."

기대하지 않았다. 모임 날짜가 3일밖에 남지 않은 상황에서 이렇게 호의적일 수 있다니 놀라웠다. 그동안 참여자를 구하느라 애썼던 서운한 마음이 단번에 사라졌다.

7월 '누구나 참여 독서 모임'에는 나를 포함해 네 명이 첫 모임을 가졌다. 8월에는 같은 방식으로 일곱 명이 참여했다. 모임을 마치고 나면 얼굴이 붉어졌다. 하지만 마음은 뿌듯했다. 만약 참여자가 한 명이라서 포기했다면 8월의 성과도 없었을 것이다. 목표를 낮게 설정하니 실행에 옮길 수 있었다. 목표가 없는 것보다는 목표가 있는 것이 낫다. 높은 목표냐, 낮은 목표냐가 중요한 것이 아니었다. 내가 실행할 수 있는 목표를 세우는 것이 중요했다.

모임을 진행하며 사람을 모으고 약속을 잡고 장소를 섭외하다 보니 회사 일에 집중하기 어려운 날도 있었다. 무엇보다 모든 준비를 혼자 감당하는 일이 버거웠다. 결국 모임은 지속되지 못했다. 하지만 나는 시도했고 모임을 만들었다. 다음에 다시 할 때 이번 경험은 나에게 용기를 줄 것이다.

‘목표를 낮게 잡으라.’라는 말은 어떻게든 시도해 보라는 의미다. 이는 목표를 낮게 설정해 실패를 피하라는 뜻이 아니라 무엇이든 시작해 보라는 뜻이다. 시작하지 않으면 다음은 없다. 낮은 목표는 나를 움직이게 했다.

몰입이 잊고 있던
기쁨을 깨웠다

『마흔에 읽는 쇼펜하우어』에 이런 문장이 있었다. '집중할 때 행복하고, 휴식할 때 불행을 느낀다.' 의문이 들었다. 나는 쉼이 곧 행복이라고 믿고 있었다. 그래서 이 문장이 쉽게 와 닿지 않았다. 그러다가 한여름에 라인 댄스를 하면서 이 말의 뜻을 비로소 알게 되었다.

무더위가 기승을 부리던 여름, 점심식사 후의 일상은 단조로웠다. 예전에는 근처 공원을 산책했지만, 더위가 심해지자 밖으로 나갈 엄두가 나지 않았다. 그래서 구청 강당을 빙빙 돌기 시작했다. 점심시간 강당을 걷는 사람들이 하나둘 늘어났다. 강당을 걷다가 명화 언니와 혜영 언니를 만났다. 자연스럽게 대화가 이어졌다. 명화 언니는 줌바 댄스를, 혜영 언니는 밸리 댄스를 배웠다고 했다. 나도 라인 댄스를 배웠다고 말했다.

　3~4년 전, 시니어 강사 자격증 과정 수업을 들었다. 강사는 수업 중간중간에 라인 댄스를 배워보라고 권유했다. 5주 과정이 끝날 무렵, 강사는 라인 댄스 강좌를 개설하겠다고 했다. 당시 코로나 시절이었다. 모일 수 있는 최소 인원인 다섯 명만 모집하겠다고 했다. 좋은 기회라고 생각했다.

　라인 댄스 수업은 일주일에 한 번, 5주 동안 경복궁역에 있는 지하 판소리 연습실에서 진행되었다. 수강생 중 한 명이 장소를 대여해 주었다. 다섯 명 중 두 명은 이미 강사와 친분이 있는 분들이었다. 그들 틈에 끼어 다섯 작품을 배웠다. 처음에는 어색했다. 여자 다섯 명이 지하 공간에 모여 음악을 틀고 춤을 춘다는 상황이 낯설었다.

　강사는 음악에 맞춰 몸을 자연스럽게 움직이며 힘차게 구령을 외쳤다. 전혀 거리낌이 없었다. 하지만 나는 누군가 문을 열고 들어올 것만 같았다. 몸은 뻣뻣했고 동작도 작았다. 그러나 시간이 지날수록 익숙해졌다. 동작이 단순해 금방 따라 할 수 있었다. 재미도 있었다. 강좌가 끝나자 강사는 직장에서 직원들과 함께 해보라고 권유했다. 나는 이곳에서는 할 수 있어도 다른 곳에서는 할 수 없을 것 같았다. 마음은 있었지만 용기가 나지 않았다.

명화 언니와 혜영 언니를 보니 함께 해보면 좋겠다는 생각이 들었다. "이렇게 걷기만 할 게 아니라 음악에 맞춰 춤춰보는 건 어때요?"라고 말했다. 언니들은 라인 댄스는 어떻게 하는 거냐고 물었다. 나는 방향을 돌며 두세 개의 율동을 반복하는 것이라 말했다. 어렵지 않다고 강조했다. 나는 강당에서 하자고 제안했다. 명화 언니는 "강당에서 하자고? 사람들이 시끄럽다고 싫어하면 어쩌지?"라고 말했다. 강당에서 점심식사 후 걷는 직원들이 대여섯 명 정도 되었다. "언니, 자유 게시판에 글이 올라오면 그때 그만두면 되잖아요. 우선 시작해보자고요."라고 말했다.

그날 퇴근하고 집에 와서 시니어 라인 댄스를 배울 때 받았던 라인 댄스 동영상을 다시 찾아봤다. 집에서 동영상을 틀고 연습하곤 했다. 음악 소리를 들은 남편은 아래층에서 누군가 올라오는 것 같다고 했다. 아들은 어색한 표정으로 고개를 갸웃했다. 나는 직접 해보면 재미있다고 했지만 모두 고개만 절레절레 흔들었다.

언니들에게 가르쳐준 것은 그때 배운 라인 댄스였다. 나는 구령에 맞춰 동작을 보여주었다. 보리 언니는 내 동작을 보고 어리둥절

하며 어렵다고 말했다. 하지만 반복적인 동작을 따라 하더니 쉽고 단순하다며 웃었다. 명화 언니와 혜영 언니는 이전에 춤을 배운 경험이 있어서 내가 알려주는 동작들을 금세 따라 했다. 동작과 음악이 조화롭게 맞아떨어지자 우리는 한 곡이 끝날 때마다 환호성을 질렀다. 에어컨도 없는 강당에서 30분 정도 춤을 추고 나면 이마에는 땀이 송골송골 맺히고 등은 축축하게 젖었다. 언니들은 오랜만에 땀을 흘렸다며 내일은 새로운 것을 연습하자고 했다.

그렇게 시작된 점심시간 라인 댄스는 일주일 만에 우리에게 중요한 일상이 되었다. 주로 명화 언니, 혜영 언니, 그리고 나 이렇게 셋이 하다가 현주 언니, 보리 언니, 미희 씨, 명희 씨, 상미 언니까지 합류하여 여덟 명이 모였다.

집에 가서 동영상을 보며 새로운 동작을 익혔고, 언니들에게 가르쳤다. 30분 동안 여섯 곡 노래에 맞춰 라인 댄스를 추면 점심시간이 끝났다. 강당 밖 에어컨 앞에서 시원한 바람을 쐬었다. "옷도 맞춰 입으면 좋겠다.", "동작을 우리가 직접 만들어 보자.", "우리 점점 실력이 나아지는 것 같지 않아?"라고 수다가 이어졌다.

그런데 얼마 전부터 강당 행사가 잦아 라인 댄스를 출 곳이 없었다. 명화 언니는 새로운 장소를 찾아봐야겠다고 말했다. 지하 2층 주차장으로 가는 복도 계단 밑 공간이 눈에 들어왔다. 그곳은 공간도 넓고 지나가는 사람도 많지 않았다.

그곳에서 나는 핸드폰으로 음악을 틀었다. 명화 언니와 함께 새로운 동작을 연습했다. 60대쯤 되어 보이는 아저씨가 계단 밑에서 음악 소리를 듣고 고개를 내밀며 우리를 쳐다보았다. 명화 언니는 나 쪽으로 다가와 몸을 가렸다. 순간 움찔하며 음악을 껐지만 그 아저씨가 지나가자 다시 음악을 틀었다.

음악에 맞춰 동작을 연결하고 있었다. 그런데 우리 앞에 있던 문에서 군복을 입은 20대 군인이 갑자기 문을 열고 나왔다. 문 앞에 푯말이 없어서 창고인 줄 알았다. 군인과 내 눈이 마주쳤다. 동작도 시선도 멈췄다. 핸드폰에서는 '소양강 처녀' 노래가 계속 흘러나오고 있었다. 군인도 나를 보고 움찔했다. 그도 민망했던지 아무 말 없이 훅 지나갔다. 그가 지나가자 명화 언니와 나는 참았던 웃음이 터져 나왔다.

무더위 속에서 출근하는 것조차 힘들었고, 점심시간에 산책할 엄두조차 나지 않았던 여름이었다. 매일 점심시간을 기다렸다. 라인 댄스를 하는 30분은 내게 활력을 불어넣어 주었다. 휴가를 가야 할 일이 있어도 사무실에 나오고 싶을 만큼 이 시간이 소중했다. 나는 동료들이 라인 댄스 동작을 잘 따라 할 수 있도록 순서와 구령에 목소리를 높였다. 유튜브 동영상을 여러 번 보며 순서를 익혔다. 어느 순간부터 춤을 추는 장소가 강당이든 복도이든 더 이상 중요하지 않게 되었다.

함께 땀 흘리고, 함께 웃고, 함께 상상하는 그 시간이 참 즐거웠다. 라인 댄스가 끝나고 헤어질 때, 다시 만날 수 있을지 확신할 수 없었지만 서로에게 "내일 또 만나요."라고 인사했다.

무엇이든 몰입하면 다른 삶의 영역에도 에너지가 번진다는 걸 알게 되었다. 함께 춤추고 웃던 30분 덕분에 오후 업무도 가벼워졌다. '집중할 때 행복하고, 휴식할 때 불행을 느낀다'라는 말이 그제야 이해됐다. 억지로 쉬려 할 때보다 내가 몰입할 수 있는 일을 하며 움직일 때 더 행복했다. 그 행복이 곧 나의 휴식이 되었다.

◇ 5 ◇

과정이 칭찬의 의미를
바꾸어 놓았다

어떤 사람에게는 불친절한 공무원이었고, 또 다른 사람에게는 친절한 공무원이 되었다. 내 의도와는 달랐다. 평범한 하루 동안 나는 두 가지 상반된 얼굴을 마주했다. 그 두 가지 경험은 나로 하여금 공무원의 역할과 친절의 의미에 대해 생각하게 했다.

오전 10시, 등록면허세 체납자 오천 명에게 납부 독려 알림톡을 일괄 발송했다. 나는 이번 달 업무를 마쳤다는 홀가분함에 만족했다. 그러나 그 만족감은 오래가지 못했다. 알림톡이 발송되자마자 사무실 전화벨이 쉴 새 없이 울렸다.

점심을 먹으러 지하 식당으로 향하던 중, 등록면허세 팀장이 내

어깨를 두드렸다. "그쪽에서 뭘 보냈어?" 업무 부담이 그대로 드러난 표정이었다. 팀 직원들이 휴가를 가서 두 명만 근무하는데, 체납 전화 때문에 업무가 마비되었다는 것이다. 나는 지난달 자동차세 체납자 만 명에게 알림톡을 보냈는데, 오전에만 전화가 왔고 오후에는 괜찮았다며 너스레를 떨었다.

30분 만에 허겁지겁 점심을 먹고 사무실로 돌아왔다. 점심시간임에도 불구하고 전화벨은 계속 울렸다. 울리는 전화를 받아야만 했다. 그렇게 전화를 받아도 민원인은 왜 전화를 받지 않느냐며 불만을 토로했다. 징수 팀에 '구청장에게 바란다'에 민원 불만 사항이 접수되었다고 했다.

민원 내용은 이랬다. "점심시간도 아닌 11시 40분에 스무 번 넘게 전화를 걸었는데 왜 받지 않느냐."라는 내용이었다. 점심시간에도 민원 전화를 받기 위해 교대로 식사했다. 하지만 남아 있는 직원 혼자 모든 전화를 받을 수는 없었을 것이다. 어느 쪽에서도 이해받지 못하고 있다는 느낌이 들었다.

다음 날, 징수 팀 김 계장이 알림톡 발송 일자 조정을 요청했다. 직원이 부족한 상황에서 알림톡을 보내니 걸려오는 전화를 제대로 받을 수 없어 민원이 발생했다고 말했다. 카카오 알림톡은 작년부터 매달 정기적으로 발송하는 업무였다. 한두 번 하는 일도 아니고,

매월 10일경에 알림톡이 발송되어왔다. 나는 업무의 연속성이 먼저라고 목소리를 높였다.

말을 하고 나니 직원들의 입장을 충분히 고려하지 않고 내 생각만 고집했다는 생각이 들었다. 일정을 조정할 수 없는 것은 아니었다. 하루 이틀 정도는 상황에 따라 발송 시기를 조정할 수도 있다. 내가 너무 일방적으로 판단했다는 생각이 들었다. 하지만 이미 엎어진 물이었다.

그날 나는 융통성 없고 냉정한 사람이 되어 있었다. 그때 한 중국인 민원인으로부터 전화가 걸려왔다. "한국말 잘 못 해요. 중국어 할 수 있는 직원 있나요?"라고 서툴게 물었다. 나는 잠시 망설였지만 "네, 워 회이 수어 한위(제가 할 수 있습니다)."라고 답했다.

사실 잘하지는 못했지만 중국어는 할 수 있었다. 그는 한국에 없는데 세금을 내야 하는지 물었다. 나는 외국인등록번호를 알려 달라고 했고, 전산 자료를 찾았다. 번호를 잘못 들었을까? 그 번호로는 아무것도 조회되지 않았다. 다시 천천히 번호를 불러 달라고 했다. 역시 부과된 세금 내역이 나오지 않았다. 아무것도 조회되지 않으니 괜히 중국어를 할 수 있다고 한 말을 후회했다. 나는 납세자가 본인 맞느냐고 물었고 그는 아니라고 했다. 서툰 중국어 질문에도 그가 알아듣는 것이 신기했다. 그는 동생의 외국인등록번호를 확인해서 다시 전화하겠다며 전화를 끊었다.

10분 후 다시 전화가 걸려왔다. 나는 침착하게 외국인등록번호를 받아 적었다. 이번에는 2024년 주민세 체납 내역이 조회되었다. 마음 한쪽이 밝아졌다. 어눌한 대화 속에서도 서로의 뜻이 통했다. 그의 문제를 해결할 수 있었다는 사실에 흐뭇했다. 이제는 납부 방법과 부과가 정당하다는 것을 설명하는 일만 남았다.

나는 2024년에 한국에 체류했다면 세금을 납부해야 한다는 뜻을 전했다. 이어 납부를 위해 가상계좌를 보내주겠다고 말했다. 계좌번호라는 단어가 떠오르지 않아 엉성하게 설명했지만 다행히 뜻은 전해진 듯했다. 그는 잠시 말을 멈추더니 어눌한 한국 발음으로 "감사합니다."라고 말했다. 그렇게 통화는 끝났다.

주변은 평소와 다름없이 조용했다. 내가 중국인의 민원을 해결했다고 알아주는 사람은 없었다. 하지만 나는 스스로에게 말했다. '참 잘했다.' 17년간 아침마다 공부한 중국어가 헛되지 않았다. 완벽하지는 않았지만, 나의 서툰 능력으로 누군가의 문제를 해결해 주었다. 남들이 하는 보편적인 친절이 아닌, 오직 나만이 할 수 있는 일이었다는 자부심에 혼자 붕 떠 있었다.

그날 하루, 나는 불친절한 공무원과 친절한 공무원의 경계선을 넘나들었다. 모든 일을 완벽하게 해낼 수는 없다. 하지만 그 과정에서 최선을 다했다면 스스로를 칭찬해 주어야 한다는 것을 깨달았다. 그동안 쌓여 있던 민원인의 불평과 짜증이 나 자신에 대한 칭찬 한마디에 서서히 녹아내리는 것 같았다. 체납을 알리는 알림톡 발송부터 민원 응대, 문제 해결까지가 모두 나의 일이다. 이 모든 과정이 공무원으로서 나의 하루를 채운다.

모든 상황에서 완벽한 친절을 베풀 수는 없다. 하지만 주어진 상황 속에서 진심을 다해 최선을 다하는 것, 그것이 바로 나 자신을 칭찬할 수 있는 유일한 방법임을 알았다.

좋았어요. 참 좋았어요.

좋았어요.
참 좋았어요.

우산 속 빗소리가
집에 가는 내내
좋았어요.
참 좋았어요.

출근길
파란 하늘이
좋았어요.
참 좋았어요.

상쾌한 바람이
등 떠밀고
눈부신 햇살에
눈 감겨도
좋았어요.
참 좋았어요.

들을 수 있어서
볼 수 있어서
느낄 수 있어서
좋았어요.
참 좋았어요.

◇ 6 ◇

일은 결국
누구에게 닿는 걸까

누군가를 탓하기보다 모두의 진심을 이해하려는 노력이 더 중요하다.

민원실 한쪽에서 고성이 들려왔다. "냈는데 왜 안 냈다고 해요? 신분증은 왜 보내라고 하고, 납부 확인서는 왜 안 해주는 거예요?"

검은 모자를 깊게 눌러쓴 마른 체격의 60대 아주머니가 예진 주임에게 소리치고 있었다. 나는 자리에서 일어나 민원 창구로 다가갔다. 예진 주임에게 자초지종을 물었다. 아주머니는 납부 영수증을 요구했지만 아직 전산에 수납 처리가 되지 않아 확인서를 발급할 수 없는 상황이었다.

"신고도 하셨고 납부도 하셨는데, 전산에는 반영되지 않았어요."

예진 주임의 말에 나도 고개를 갸웃거렸다. 전산에 반영되지 않았는데 어떻게 납부 사실을 알았을까? 예진 주임은 동호 주임님이 납부했다고 알려주었다고 말했다. 납부는 분명히 되었지만, 공식 확인서를 발급하려면 며칠의 시간이 더 필요했다.

이야기를 엮어보면 이렇다. 아주머니는 아들의 부탁을 받고 구청에 왔다. 지방에서 근무하는 아들은 5월 7일에 납부한 지방소득세 영수증이 필요했다. 서울에 사는 아주머니가 아들을 대신해 구청을 찾은 것이다. 그러나 구청 담당자는 본인이 아니어서 알려줄 수 없다 했다. 당사자 신분증을 요구하자 아주머니는 아들에게 연락했다. 아들의 신분증을 팩스 받았지만 재차 확인서 발급은 안 된다는 말만 들었다.

납부는 되었지만 행정 절차에는 시간이 필요했다. 은행에서 받은 영수증이 아직 구청 시스템까지 오지 않은 상태였다. 납부 확인서 발급이 불가능했다. 동호 주임이 아주머니께 설명해 드렸으나 아주머니가 이해하기 어려운 말이었다. 그녀는 "아들이 납부한 이체증도 있는데 왜 처리해 주지 않느냐"라고 화만 냈다.

급기야 아주머니는 "우리 아들이 바쁜데 월차까지 내고 서울에 올라와야 해결이 되겠어요? 올라왔는데 확인서를 안 해주면 여기 있는 직원들 가만두지 않겠어!"라고 큰소리를 치기 시작했다. "구청장실이 어디냐!"고 소리치며 민원실을 박차고 나갔다.

아주머니가 나간 뒤 민원실이 잠시 조용해졌다. 전화벨 소리와 키보드 소리만 다시 들렸다. 직원들은 서로 눈을 마주치지 못한 채 각자의 자리로 돌아갔다. 아무도 말하지 않았지만, 모두가 방금 전의 상황을 곱씹고 있다는 걸 느낄 수 있었다.

민원인은 소리를 질렀다. 그 소리에 직원들은 큰 잘못을 한 사람처럼 아무 말도 하지 않았다. 이 민원을 외면할 수도 없고, 그렇다고 직원들을 탓할 수도 없었다.

잠시 후 아주머니가 다시 민원실로 들어왔다. "그럼 언제쯤 납부 확인서를 받을 수 있나요?" 분노가 조금 가라앉은 모습이었다. 정환 주임은 오늘까지 접수된 실물 영수증을 확인한 뒤, 소인 담당자에게 언제까지 실물 영수증이 넘어왔는지 알아보겠다고 말했다.

그 외중에 소희 주임은 아주머니 옆에서 그녀의 아들과 통화해주었다. 확인서 발급이 불가능한 상황을 설명하고, 전산에서 납부 처리가 완료되는 즉시 연락드리겠다고 약속했다. 이후 정환 주임이 나에게 "이런 경우는 보통 일주일 정도 걸려요."라고 알려주었다.

민원인이 소리를 지르면 우리가 뭔가 잘못한 것처럼 느껴진다. 민원인의 마음을 제대로 헤아리지 못한 것 같아 마음이 무겁다. 이번 일은 단지 '소인 처리가 되기 전까지는 확인서를 발급해드릴 수 없다'라고만 말했어야 했다. 설명하려는 마음이 앞서 절차보다 감정을 먼저 건드린 말이 되었을지도 모른다.

돌이켜보면 아주머니의 마음도 이해가 간다. 낯선 구청에 혼자 와서 아들을 대신해 민원을 처리하려다 보니 절차 하나하나가 낯설고 어려웠을 것이다. 자식을 생각하는 마음은 우리 모두가 살아가면서 품게 되는 감정이 아니던가. 동호 주임은 실물 영수증을 찾아 확인해 주었고, 정환 주임은 언제쯤 확인서 발급이 가능한지 알아보았다. 소희 주임은 아들과 직접 통화하며 민원인을 안심시키려 했다.

바쁘게 움직이며 민원인을 돕는 직원들의 모습이 참 든든했다. 우리는 각자의 자리에서 최선을 다하고 있었다. 질문에 답했고, 가능한 방법을 찾으려 움직였다.

하지만 혼란스러운 상황 속에서 나도 모르게 경솔한 말을 내뱉었다. 크게 소리 지르는 민원인의 기세에 눌렸다. "문자를 보낸 게 문제였다.", "납부했다고 말하지 않았으면 더 좋았을 텐데."라고 순간의 압박 앞에서 나 역시 흔들리는 말을 하고 말았다. 직원들을 보호하려 했지만, 그 말이 오히려 부담이 되었을지도 모른다는 생각이 들었다.

팀장이라면 직원의 입장과 민원인의 입장을 모두 이해해야 한다. 하지만 나 역시 민원인이 화를 내기 시작하면 '우리가 뭔가 잘못한 건 아닐까?' 하는 생각에 직원들을 두둔하기보다 민원인의 마음을 먼저 다독이려 한다.

하지만 결국 민원인도 우리 직원들도 모두 소중한 사람들이다. 누군가를 탓하기보다 모두의 진심을 이해하려는 노력이 더 중요하다. 아주머니가 아들을 생각하는 마음으로 구청에 왔듯, 나 역시 우리 직원들을 살피고 보살피는 마음으로 이 자리에 서 있다는 사실을 잊지 않으려 한다.

일보다 더 중요한 것은 사람의 마음을 놓치지 않는 일임을 다시 한번 되새긴다. 민원인과 직원, 그 누구도 소홀히 할 수 없기에 나는 매일 그 사이에서 마음을 다잡는다.

친구

힘들 때 생각나는 사람
고민이 있을 때 생각나는 사람
걱정거리가 있을 때 생각나는 사람

내가 느낀 것이 있을 때 같이 느끼고 싶은 사람
나를 좋아할 것 같은 사람
나를 나무랄 것 같은 사람
나를 위로해 줄 것 같은 사람
내 마음을 알아줄 것 같은 사람이
친구다.

평생 내가 아껴야 하는 친구
평생 고마워해야 하는 친구
나도 누군가에게 그런 친구가 되고 싶다.

균형 속에서 피어난
조용한 친절

홍식 씨가 큰 목소리로 말한 뒤 숨을 몰아쉬었다. 대화를 들어보니 얼마 전 한 시간 넘게 통화했던 민원인 같다. 결국 감사실의 통보로 해제 통지서를 그 민원인에게 보내주는 것으로 문제가 해결된 줄 알았다. 그러나 그것은 시작에 불과했다. 또 전화를 걸어 홍식 씨와 말싸움을 했다.

민원 내용은 다음과 같았다. 2022년 인천지역 구청에서 환급금이 발생했다. 그 환급금은 우리 구청으로 넘어와 민원인의 재산세 체납액에 충당되었다. 이미 3년 전의 일이었다. 민원인은 당시 환급금 압류 통지서도, 해제 통지서도 받지 못했다고 주장했다. 감사

담당관은 지금이라도 해제 통지서를 보내라고 했다. 홍식 씨는 해제 통지서를 보냈다. 그러나 민원인은 받지 못했다며 전화한 것이었다.

홍식 씨도 답답했는지 목소리가 커졌다. 나는 홍식 씨와 눈이 마주치자 전화를 넘기라는 손짓을 했다. 홍식 씨는 눈을 찡긋하며 자신이 해결하겠다는 무언의 의사를 보냈다. 그렇게 10여 분이 흘렀다. 홍식 씨는 '보냈다'라는 말만 반복하며 상황을 정리하려 했다. 서로 다른 언어를 쓰는 것 같았다. 소리만 클 뿐 대화가 되지 않는 것 같았다. 나는 그를 설득할 자신은 없었지만 그의 말을 들어줄 수는 있을 것 같았다. 홍식 씨 자리로 가서 수화기를 건네받았다.

민원인은 우편을 보내지도 않고 보냈다고 하면 되냐고 따졌다. 매일 우체통을 확인했지만 우편물이 도착하지 않았다고 여러 차례 말했다. 그렇게 직무를 유기하면 가만두지 않겠다며 이름이 뭐냐고 물었다.

목소리를 들어보니 60대 후반 여성으로 보였다. 일을 제대로 하라고 호통을 쳤다. 내가 담당 직원의 팀장이라고 하자, 팀장이라면 직원 교육을 제대로 시키라고 말했다. 팀장으로서 확인했는지 따져 물었다.

직원이 보내지 않았는데 보냈다고 하지 않는다고 하자, 민원인은 팀장도 직무 유기를 한다며 소리쳤다. 대꾸할 말이 없었다. 등기로 보내라고 하지 않은 것이 후회되었다. 우리 주장만 할 상황은 아니었다. 우선 그의 이야기를 들어주기로 했다. 최대한 차분한 목소리로 불만을 다시 말해 달라고 부탁했다.

민원인은 '추심'이 무엇인지 아느냐고 물었다. 나는 일부러 설명하지 않았다. 그 순간에는 설명보다 그의 감정을 먼저 눌러 주는 것이 필요하다고 느꼈다. 그러자 민원인은 그것도 모르면서 팀장 자리에 왜 있느냐며 기를 꺾었다.

그러면서 자초지종을 설명하기 시작했다. 인천의 한 구청 직원도 징계해야 한다고 말했다. 모텔 휴업하면 면허세를 내지 않아도 되는데, 계속 고지서가 발송되어 납부했다고 했다. 그 구청에 문의하자 부과 취소를 해주었다. 그런데 그 환급금이 자신도 모르게 우리 구청으로 넘어갔다는 것이다. 환급금이 발생하면 발생했다고 통지하고, 압류가 되었으면 압류했다고 통지해야 하는 것이 맞지 않느냐고 반문했다.

민원인의 주장은 틀리지 않았다. 나는 그의 말을 끝까지 들어주기로 했다. 민원인은 자신의 과거사와 사기를 당한 경험, 그리고 법원 판사 이야기까지 꺼내며 자신의 억울함을 강조했다. 공무원들이 자꾸 자신을 따지고 메모하게 만든다고 말했다.

나는 중간중간 추임새를 넣으며 그가 말을 이어가도록 간단한 질문을 던졌다. 그는 한 시간가량 자신의 이야기를 했다. 어느 정도 하고 싶은 말을 다 했다고 생각할 때, 해제 통지서를 다시 등기우편으로 보내드리겠다고 말했다. 민원인은 등기우편으로 보내면 집배원이 고생할 수 있으니 일반우편으로 보내달라고 요청했다.

나는 그렇게 하겠다고 말한 뒤 전화를 끊었다. 민원인의 목소리는 처음보다 한결 부드러워졌다. 그의 이야기를 들을수록 그의 불만이 우리가 압류 통지서와 해제 통지서를 보내지 않아서 생긴 일이 아닌 것 같았다.

나는 3년 전에 압류 통지서를 보냈는지 해제 통지서를 보냈는지 모르겠다. 내가 지금 할 수 있는 일은 그 당시 받지 못한 해제 통지서를 다시 보내는 일이었다.

해제 통지서를 등기로 보낸 후, 일주일 지나서 다시 그 민원인으로부터 전화가 왔다. 전화기를 붙들고 가만히 있는 홍식 씨를 보니, 그 민원인임을 직감했다. 울화가 치밀었다. 전화를 바꿔 달라고 했다. 수화기에서는 잡음과 사이렌 소리가 들려 귀를 델 수 없었다. 민원인의 목소리는 작게 들렸다. 나는 '여보세요'라고 반복해서 물었다. 민원인은 내 목소리도 듣기 싫었던 것 같았다. "이 소리가 안 들려요? 사이렌 소리가 나는데 왜 자꾸 '여보세요'라고 해요!"라고 소리를 질렀다.

나도 "해제 통지서 등기로 보내드렸고, 환급금 압류 해제도 3년 전에 다 처리해드렸는데, 왜 자꾸 전화하세요?"라고 소리를 질렀다. 민원인은 자신에게 화를 내는 것이냐며 가만두지 않겠다고 소리를 질렀다. 순간 분위기는 험악해졌다. 나는 얼른 수화기를 내려놓았다. 손과 가슴이 떨렸다. 이후 그녀는 더 이상 전화하지 않았다.

직업 특성상 직접 만나는 일보다 전화 문의가 더 많다. 짧은 통화라도 목소리와 태도를 통해 상대방이 어떤 사람인지 대략 짐작할 수 있다. 직원들에게도 웬만하면 화내지 말고 차분히 대화하라고 당부한다. 화를 내고 나면 기분이 더 나빠지는 경우가 많기 때문이다. 하지만 오늘은 달랐다. 속이 다 후련했다.

공무원 중에는 친절한 사람이 있는가 하면, 불친절한 사람도 있다. 민원인 역시 마찬가지다. 공무원을 무시하는 민원인도 있고, 고마워하는 민원인도 있다. 공무원이라고 해서 모든 민원인에게 항상 친절할 수는 없다.

공무원 생활 30년 동안 온갖 민원을 다 겪었다. 그럼에도 불구하고 여전히 '이런 사람도 있구나.' 싶을 만큼 특이한 민원이 있다. 그날도 마찬가지였다. 공무원은 민원인에게 친절해야 한다는 말을 자주 듣는다. 하지만 과연 어디까지 친절해야 할까? 그 사람의 입장이 되어 감정까지 모두 이해해 줘야 할까? 그들의 억울함에 공감하며 애쓰다 보니 어느새 간이고 쓸개고 다 빼주는 사람이 되어 있었다. 30년 동안 내가 배운 것은 결국 '고분고분'해지는 법이었던 것 같다.

민원은 계속될 것이다. 그 속에서 나는 나 자신을 지키는 방법을 배워가고 있다. 친절은 단순히 고분고분한 태도를 의미하지도 않고, 무뚝뚝하게 선을 긋는 것도 아니다. 민원인과의 거리가 너무 멀어지지도, 너무 가까워지지도 않는 적절한 지점을 찾는 것이다. 그 사이 어딘가에서 마음은 열되, 원칙은 지키는 것이 중요하다. 이러한 균형을 찾는 일이 공무원에게 가장 어렵고도 중요한 배움일 것이다.

◇ 8 ◇

동료가 비춰준
낯선 나의 얼굴

김 팀장의 목소리가 차가운 칼날처럼 날아와 꽂혔다. "이 팀장, 자기 팀 직원들이 근무 시간에 일 안 하고 잡담을 한다는 말이 들려. 다른 팀 직원들 일에 방해가 된다는군." 팀장을 오래 맡아 온 김 팀장의 말이었다. 그 말을 흘려들을 수 없었다. 가슴이 순간 얼어붙었다. 억울함과 서운함이 한꺼번에 밀려왔다. 그 감정을 다 추스르기도 전에 거치른 목소리가 튀어나왔다. 김 팀장이 놀랐다.

얼마 전 부서에 인사 발령이 났다. 솔직히 팀 배치가 마음에 들지 않았다. 다른 팀에서 애매하게 겉돌던 직원들, 조직의 중심에서 멀어진 이들이 모인 팀이 우리 팀이라는 생각이 들었다. 그때 내 눈에는 눈에 띄는 성과를 내지 못한 사람들처럼 보였다. 그들을 이끌어야 한다는 부담감과 함께 이 팀을 맡게 된 것에 대한 실망감이 컸다. 내가 할 수 있는 최선은 그저 이 상황을 묵묵히 견뎌내는 것이라고 생각했다. 하지만 그들의 삶을 조금씩 알게 되면서 단단히 닫혀 있던 문이 조금씩 열기 시작했다.

한 주임은 허리 디스크로 일 년간 병가를 낸 후 복직했다. 명예퇴직한 남편을 대신해 집안의 생계를 책임지고 있었으며, 그 무게는 고스란히 그의 어깨와 허리에 남아 있었다. 건강 관리에 관심이 많아져 좋아하던 커피도 끊었다. 심해진 치질 통증으로 밤잠을 설치고, 의자에 한쪽 엉덩이를 걸친 채 일했다.

얼마 전 신규 직원 교육과 한 주임의 승진 교육이 겹쳤을 때 나는 그의 어려운 상황을 깊이 헤아리지 못하고 '과장님과 상의해 보겠다.'라는 말로 승낙도 허락도 아닌 어설픈 답변을 했다.

박 계장은 나보다 다섯 살 많다. 부서 내에서 과장 다음으로 연장자이지만 나의 팀원으로 일하고 있었다. "나는 퇴직이 얼마 남지 않았어. 남아 있는 직원들과 잘 지낼 사람은 당신이야."라는 그의 말투에는 왠지 모를 서운함이 느껴졌다. 그 말은 마치 사무실 분위기와 팀의 성과가 모두 나의 책임이라는 부담을 지우는 듯했다. 그는 무릎 통증으로 한 달 이상 병원을 다녔고, 눈의 실핏줄이 터져 충혈된 채 출근하는 날이 많았다. 공무원을 그만둔 아내의 선택을 두고 투덜댔다. 그는 현실 앞에서 복잡한 마음을 숨기지 않았다. 퇴직 후 초등학교 3학년 딸의 교육을 어떻게 해야 할지 고민도 많았다. 그의 장난 섞인 농담 뒤에는 늘 삶의 무게가 함께했다.

말수가 적었던 김 주임은 직원들과 어울리기를 꺼렸다. 혼자 일하고, 혼자 밥을 먹고, 혼자 야근했다. 함께 먹자는 말에도 늘 사양했고, 팀원이 점심을 먹고 온 후에야 늦은 점심을 먹으러 갔다. 그 선택은 무례가 아니라 그가 삶을 견디는 방식처럼 보였다. 다른 팀에서는 소통이 안 된다며 그의 성격을 탓했지만, 우리 팀에서는 오히려 김 주임의 역할이 컸다. 김 주임은 이 년 전 어머니가 돌아가셨다. 지금은 아버지와 함께 살고 있다. 상실의 슬픔은 오래가는 것 같았다.

그들의 삶을 알게 되면서 나도 조금씩 변해갔다. 서운하고 미덥지 않다는 생각보다는 이제 내가 챙겨야 할 사람들이라는 강한 책임감이 들었다. 민원 창구의 신규 직원이 휴가를 가면 함께 창구를 지켰고, 직원이 바쁘면 대신 전화를 받았다. 점심 교대도 직원들이 충분히 쉴 수 있도록 시간을 확보해 주려 애썼다. 보고서 작성도 대신해 주었고, 민원 창구에서 큰 소리가 나면 민원인을 진정시키기도 했다. 어느새 그들은 나의 동료를 넘어 내가 지켜야 할 사람들로 느껴졌다. 팀장이라는 자리는 여전히 무겁게 다가왔지만, 나는 그 무게를 기꺼이 감당하려 했다.

그러나 들려오는 말들은 늘 우리 팀 직원들이 '일을 하지 않는다.', '자기만 생각한다.'라는 평가뿐이었다. 그리고 김 팀장의 말은 그 시선들을 다시 내 앞에 가져다 놓았다. 차분히 전달되었지만, 그 말은 마치 우리 팀 전체를 무시하는 듯했다. 마치 내 속마음이 들킨 것 같았다. 직원들을 이해하며 팀을 이끄는 노력이 오히려 내가 힘들어한다는 신호로 비쳐 속상했다.

곰곰이 생각해 보니, 이 속상함의 바탕에는 무거운 책임감이 자리하고 있었다. 나는 이 팀을 맡으면서 혼자서라도 이들을 감싸 안아야 한다고 느꼈다. 하지만 노력만으로는 바뀌지 않는 현실에 부딪히며 내 감정은 점점 억눌렸고, 결국 그 끝에서 화가 터져 나왔다. 나의 분노는 나를 지키기 위한 몸부림이자, 그들과 함께하는 동안 그들을 진심으로 이해해 보겠다는 나의 의지였다.

앞으로도 우리 팀은 완벽하지 않을 것이다. 실수도 있을 것이고, 때로는 누군가에게 불편을 끼칠 수도 있다. 하지만 이들의 사정과 진심을 이해하는 사람이 내가 되어야 하지 않을까? 그것이 우리 팀을 단단한 마음으로 묶는 끈이 될 것이라고 생각한다. 예전의 나는 그저 겉으로 보이는 모습만으로 판단했다. 이제 내가 직접 겪어보니, 겉모습만 보고 판단했던 나의 말에 상처받고 아팠을 사람들이 있었겠다는 생각이 들었다. 누구나 각자의 삶 속에는 그들만의 이유와 사정이 있다. 그 삶이 겉으로 드러나지 않는다고 해서 쉽게 판단하는 것은 오해와 편견을 불러일으킬 수 있다. 사람을 안다는 것은 보이는 것 너머를 기꺼이 들여다보는 일이었다.

　나도 모르게 터져 나온 흥분은 논리로 설득할 수 없을 때 내 마음을 전달하려는 몸부림이었다. 내가 이 팀을 위해 애쓴 만큼 그 노력이 무시당했다는 느낌이 화로 튀어나온 것이다. 나 또한 내가 해온 일에 대한 평가와 시선에서 자유롭지 못했다. 스스로 그 마음을 바로잡아야 한다. 그렇게 매일 나를 다듬으며 직원들을 통해 나 자신을 더 알아간다. 겉으로 보이는 모습만으로는 그가 어떤 삶을 살고 있는지 알 수 없다. 보이지 않는 사정까지 헤아리려 애써야 관계가 비로소 좋아진다는 것을 알았다.

슈퍼우먼이 아니면 나는 누구일까

배움 앞에서
다시 열린 마음

형희 씨가 사회복지사 자격증을 함께 따자고 제안했다. 그녀와 나는 딸의 고등학교 학부모로 처음 만났다. 그 후 교류 분석 심리 자격증 공부를 함께 하면서 친해졌다. 형희 씨는 아는 지인이 있는데 온 가족이 사회복지사 자격증을 취득하여 노인 재가복지센터를 운영하고 있다고 했다. 자녀들이 그곳에서 일하고 있어 자식 취업 걱정도 없다고 했다. 사회복지사 자격증은 처음엔 자녀의 미래를 떠올리게 했고, 조금 더 지나서는 나 자신의 퇴직 후 삶을 상상하게 했다.

들어야 할 과목은 많았지만 비대면 수업이었고, 시험도 오픈 북

시험으로 60점만 넘으면 학점 이수가 가능했다. 문제는 160시간의 현장 실습이었다. 직장을 다니면서 실습을 하려면 주말에 가능한 기관을 찾아야 한다. 말처럼 쉽지 않았다. 온라인 강의 학원에서 제공하는 60여 개 기관 목록을 뒤적이며 전화를 걸었다. 주말 실습은 어렵다는 답변만 돌아왔다. 솔직히 적극적으로 찾지도 않았다. 주말까지 시간을 내서 실습을 해야 한다는 부담이 컸다.

그러던 어느 날, 근무하던 중 형희 씨로부터 전화가 왔다. 그녀의 목소리는 밝았다.

"언니, 찾았어요! 그것도 우리 집 근처예요. 정말 잘된 것 같아요. 하하하."

말끝마다 웃음이 섞여 있었다. 나는 의아해 물었다.

"어떻게 찾았어? 난 아무리 찾아도 안 되던데."

"언니, 내가 누구야? 하나하나 다 전화했지." 그녀가 씩씩하게 말했다.

나는 멈췄지만 그녀는 끝까지 움직였다. 이 작은 차이가 결국 길을 만들어냈다.

실습 기관은 심리 상담 센터였다. 면접 당일, 형희 씨 집 앞에서 만나 함께 가기로 했다. 그녀는 핸드폰을 꺼내 사진 한 장을 보여주었다. 교류 분석 심리 자격증 사진이었다. 나도 기다렸다는 듯이 사진을 꺼내 보여주었다. 똑같은 사진 두 장을 나란히 보며 우리는 히죽히죽 웃었다. 서로의 마음이 통한다는 확신 같은 것이 스며들었다.

유리문에는 작은 글씨로 교회 이름이 적혀 있었고, 그 위에 지역 이름을 딴 심리 상담 센터 간판이 걸려 있었다. 문을 밀고 들어서자 안쪽에 작은 방 하나가 보였다. 벽면을 가득 채운 책장에는 심리학 서적과 두툼한 성경책들이 빽빽하게 꽂혀 있었다. 마치 대학교 교수실을 연상시켰다.

센터장은 70대 목사였다. 면접이라 했지만 우리의 학력이나 이력에는 별다른 관심을 보이지 않았다. 교류 분석 심리 자격증 사진을 보여주어도 시큰둥했다. 대신 그는 자신의 이야기를 길게 풀어놓았다.

그는 48년 전 부흥회에 처음 참석했다고 했다. 그 경험이 목사로서의 인생을 시작하게 한 계기였다고 했다. 교회 목사를 하면서 심리학에 관심을 갖고 공부하였으며, 심리 상담 센터를 개업했다고 했다. 당시 사회복지학과 교수들이 학생들의 실습 기관이 부족하다는 이야기를 듣고, 사회복지학을 공부하여 심리 상담 센터를 실습 기관으로 등록했다고 했다. 책장 한쪽을 가득 채운 실습 결과 보고서에는 수많은 실습생들의 흔적이 남아 있었다.

그 후 3개월 동안 매주 주말마다 심리 상담 센터에서 실습을 했다. 처음에는 작은 교실에 형희 씨와 나, 단둘이었다. 사회복지사 실습이었지만 실제 내용은 심리 상담 중심의 프로그램이었다. 시간이 지날수록 사람들이 늘어났다. 널찍하던 공간이 빽빽하게 채워졌다.

실습생들의 나이는 20대 대학생부터 60대 여성까지 다양했다. 직업도 가수, 경찰 등 제각각이었다. 각자가 사회복지사 자격증을 따려는 이유도 달랐다. 어떤 이는 졸업을 위해, 어떤 이는 요양원 원장이 되기 위해서였다. 그들의 이야기를 들으며 알게 된 점은 자격증 자체보다 실제 현장에서 더 필요한 것이 컴퓨터 활용 능력이라는 사실이었다.

나 자신에게 물었다. 내가 정말 사회복지사의 일을 좋아하는 걸까? 아니면 자격증이 주는 안정감이 좋은 걸까? 공무원으로 일하는 동안 나는 늘 엑셀과 한글 프로그램을 다뤄왔다. 퇴직 후 다른 일을 해보고 싶어 사회복지사 일을 시작하려 했는데, 사업을 하지 않는 이상 사회복지사 업무 역시 행정 업무와 크게 다르지 않아 보였다. '퇴직 후에 굳이 다시 이 일을 해야 할까?' 스스로 반문하게 되었다.

그럴수록 센터장이 떠올랐다. 목사이자 심리 상담사, 사회복지사로 살아가는 그의 모습이 묘하게 겹쳐졌다. 그는 단순히 자격증을 모은 것이 아니었다. 사회복지 실습 기관을 운영하기 위해서였

다. 그 덕분에 나와 같은 직장인이 주말에 실습할 수 있는 기관이
생겼다.

실습을 마친 후 내 생각도 달라졌다. 자격증은 목적이 아니라 시
작이었다. 어떤 일을 시작할지를 고민해야 한다는 것을 알았다. 막
연히 자격증만 있으면 모든 것이 해결될 것이라는 생각은 내가 심
적으로 안정하기 위한 위안이었다.

내 책장에는 시니어 웃음 강사 자격증, 레크리에이션 강사 자격
증, 교사 자격증, 교류 분석 심리 자격증 등 다양한 자격증이 있다.
자격증은 책장 속에서 한 번도 나오지 못하고 먼지만 수북이 쌓여
간다. 시작을 해야 자격증의 효과를 누릴 수 있다. 행동하지 않는
자격증은 책장에 머문다.

세월

그렇게 보내는구나.
그래 그럴 수밖에 없지
내가 어떻게 너를 잡고
네가 어떻게 날 잡겠니.

돌아서는 뒷모습에 잘 가란 말만
돌아서 가야 하는 아쉬움만 있을 뿐.
하지 못하는 말만큼이나
감추어야 하는 마음만큼이나
난 서글프다.

꽃과 바람과 물이 내 곁에 있기에
기쁘고 행복해야 함에도
난 여전히 시리고 아프기만 하니
이제야 아무리 후회해도 소용없네.

그런 나의 모습에 용기 내어
너를 불러 볼까 하지만
뒤돌아보지 않을 너를 알기에
그렇게 널 보내는구나.

비웠을 뿐인데
새 길이 보였다

그날 점심, 나는 아무 말 하지 않았는데 마음이 먼저 알아본 뒷모습을 보았다. 우체국으로 향하던 동호 주임의 어깨는 처져 있었고, 말투는 느릿느릿했다. 마치 소중한 친구를 떠나보내는 모습이었다.

12시를 훌쩍 지나서야 지하 1층 식당으로 내려갔다. 일찍 내려오면 따뜻한 음식을 먹을 수 있지만, 늦게 내려오면 밥과 반찬이 식고 양도 부족하다. 대신 한가하고 조용해서 좋다. 식판을 들고 반찬을 담는데, 앞에 서 있던 사람이 돌아보며 인사했다. "팀장님, 혼자 오셨어요?" 세무과 자동차세 팀의 동호 주임이었다. 직원이 휴가라 혼자 먹어야 한다고 말했다. 동호 주임은 1층 민원실 차량 등록 업무를 맡고 있다. 교대로 점심을 먹어야 하는 업무였다.

일 년 반 전, 동호 주임은 내가 세무과 지방소득세1팀장일 때 신규 직원으로 우리 팀에 온 직원이다. 기존 여직원이 육아 휴직을 하자, 신규 직원으로 그 공백을 메웠다. '지방세무서기보 시보'라 불리지만 수습 기간 없이 바로 담당 업무가 주어진다. 책상 앞에서 울리는 전화를 받으며 업무가 시작된다. 이런 현실에서 신입의 능력은 적응력으로 드러난다. 동호 주임은 신입답지 않게 침착했다. 업무를 금세 익혔다.

입사 후 며칠 뒤, 함께 밥을 먹은 적 있었다. 공무원이 되기 전 공사장에서 일을 했다고 했다. 그때 자신의 집을 직접 짓겠다는 꿈을 가졌다고 했다. 그가 그런 꿈을 꾸고 있다는 것이 신기했다. 그 말은 '너의 꿈은 뭐냐?'라고 묻는 것 같았고, 나는 얼른 나의 꿈을 떠올릴 수 없었다.

나는 식사를 마치고 그에게 "산책할래요?"라고 물었다. 그는 우체국에 택배를 부치러 가야 한다고 했다. 나는 함께 가도 되냐고 물었다. 그는 흔쾌히 좋다고 답했다.

그는 구청 건물 밖 거주자 우선 주차구역에 차를 세워두었다고 했다. 쥐색 승용차 안에서 네모난 작은 상자를 꺼냈다. 그는 그 상자를 두 손으로 들고 걸었다. 무슨 물건인지 묻자, 예전에 집 짓는 일을 하면서 샀던 줄자라고 했다. 5만 원에 샀는데, 당근마켓에 올린 지 6개월 만에 4만 5천 원에 팔게 되었다고 했다. 나는 남는 장사 아니냐고 농담처럼 물었다. 동호 주임은 전문가만 아는 줄자라고 했다. 줄자를 산 사람이 이 근처에 살지 않아 택배로 보내게 되었다고 했다.

상자 안에 든 줄자가 괜히 더 궁금해졌다. 자신의 집을 지을 꿈을 가지고 산 줄자다. 그 줄자를 판다는 건 꿈을 잠시 내려놓는 일처럼 느껴졌다. 순간 줄자의 가격에만 초점을 맞추어 이야기했던 나의 말이 경솔했다는 걸 느꼈다.

그가 우체국에서 택배를 부치는 동안 나는 밖에 서 있었다. 길 건너편 이팝나무의 하얀 꽃들이 바람에 흔들리고 있었다. 빈손으로 나온 동호 주임의 모습은 힘이 없어 보였다. 나는 정릉천을 따라 걸으며 구청으로 돌아가자고 제안했다. 침묵을 깨고 그에게 물었다.

"요즘 무슨 고민 있어요?"

"돈이요. 나이는 있는데 아직 모아둔 게 많지 않더라고요. 이제는 집을 짓겠다는 꿈보다 먼저 집을 사야겠다는 생각이 들어요." 그가 하늘을 바라보며 말했다. 집을 사야겠다는 말을 들으니 내가 집을 샀던 기억이 떠올랐다.

결혼 5년 차였다. 근무 중 남편에게서 전화가 왔다. 퇴직금을 중간 정산해 집을 사겠다고 했다. 집은 지금 사야 한다고 했다. 허락이 아니라 통보였다. 그날 남편은 휴가를 내고 빌라를 계약했다.

얼마 지나지 않아 재개발 소문이 돌았다. 집값이 오르기 시작했다. 우리는 그 집을 팔았다. 운이 따른다고 생각했다. 그래서 다시 투자할 곳을 찾았다.

합정동에서 지하 빌라를 샀다. 한강변 재개발 이야기에 마음이 흔들렸다. 이번에도 곧 좋아질 거라 믿었다. 하지만 기대는 오래가지 않았다. 재개발은 멈췄고 집은 문제가 드러났다. 누수와 곰팡이로 세입자는 오래 머물지 못했다. 집은 점점 짐이 되었다.

조금 오르면 더 오를 것 같아 팔지 못했고, 떨어지면 손해가 두려워 놓지 못했다. 그렇게 시간이 흘렀다.

십 년이 넘어서야 우리는 그 집을 팔았다. 계약하러 가던 날, 또다시 재개발 현수막을 보았다. 남편은 망설였고 나는 팔자고 했다. 이번에는 내려놓는 쪽을 택했다. 그 집을 팔고 나서야 비로소 숨을 돌렸다고 느꼈다. 그때 판 매매대금은 몇 달 후 보이스피싱범들에게 넘어갔다. 내가 그들에게 속아 대부업체 고금리 대출을 받았다. 매달 내야 하는 이자는 나의 목을 조르는 것 같았다. 합정동 빌라 매매 대금은 고스란히 대부업체 계좌로 넘어갔다.

동호 주임에게 나의 실패담을 전부 털어놓을 수는 없었다. 이제 막 꿈을 꾸기 시작한 그에게 나의 쓰라린 실패담이 좌절로 다가올까 봐 차마 입을 열지 못했다. 대신 부동산에 꾸준히 관심을 가지면 언젠가 좋은 기회가 찾아올 것이라고 조언했다. 지금은 종잣돈을 모으는 것이 중요하다고 덧붙였다. 동호 주임은 대출받아서 오피스텔 보증금을 냈다고 했다. 대출 이자 때문에 돈이 모이지 않는다고 말했다. 나는 우선 그 대출부터 갚으라고 조언했다. 말은 그렇게 했지만 내 말이 과연 맞는지 의심스러웠다. 차라리 '그래도 살아지더라.'라고 말해주는 게 더 낫지 않았을까 싶었다.

동호 주임은 줄자를 팔면서 자신의 꿈을 접는 듯 보였다. 하지만 꿈은 꼭 손에 쥐고 있어야만 계속되는 것은 아닐지도 모른다. 때로는 내려놓아야 다른 모습으로 다시 찾아오기도 한다.

나도 '그때 팔지 않았다면, 보이스피싱을 당하지 않았다면' 하는 후회가 있다. 하지만 후회 속에서도 하루하루를 이어가고 있다.

그의 손에서 떠난 줄자가 언젠가 다시 돌아올지, 아니면 전혀 다른 도구로 바뀌어 있을지 나는 모른다. 다만 그가 무엇을 쥐든 그 안에 다시 꿈이 담기길 바란다.

◇ 3 ◇

꾸준함이 불러온
조용한 기회

아침 여덟 시에 알람이 울렸다. 나는 시댁에 추석 음식을 준비하러 갔다. 핸드폰과 지갑을 챙겨 현관문을 나섰다. 시댁은 걸어서 10분 거리에 있었다. 추석 전날 아침, 시어머니 집에 가서 전을 부치는 게 나의 일이었다.

나는 이번 추석에도 어김없이 전을 부쳤다. 이번엔 동태전이 푸짐했다. 시어머니에게 물었다. "왜 이렇게 동태포를 많이 사셨어요?" 시어머니는 다른 물건보다 싸게 나와서 그냥 샀다고 했다. 자식들이 추석 장에 쓸 돈을 어머니께 드리면 어머니가 재료를 구입했다. 여든이 넘었어도 여러 마트와 재래시장을 다니면서 직접 물건을 보고 고르셨다. 어머니는 "이번 추석에는 동태전이나 많이 해서 먹어야겠다."라고 했다. 작년에는 두 팩 부쳤다. 이번에는 여섯 팩을 부쳐야 했다.

명절이 다가오면 식구 각자 해야 할 일이 있었다. 작은 시누이는 숙주나물, 콩나물, 고사리, 도라지를 씻고 데치는 일을 맡았다. 어머니는 그 나물들을 무쳤다. 나는 어머니 옆에서 어머니가 넣으라는 양념을 넣으며 보조 역할을 했다. 몇 년째 보조를 하며 무치는 과정을 지켜보지만, 같은 양념을 사용해도 어머니의 손맛을 따라갈 수 없다.

어머니는 양념이 충분히 들어가야 간도 맞고 맛도 난다고 했다. 물건을 살 때는 저렴한 것을 찾지만 음식 양념만큼은 아끼지 않았다. 어머니는 "아니야, 더 넣어야 혀."라며 참기름을 듬뿍, 미원을 푹푹, 깨소금을 왕창 넣었다. 소금은 맛도 보지 않고 아기 분유통 숟가락으로 어머니가 생각하는 양을 넣었다. 나물을 무치면서 내게 간을 보라고 했다. 내가 짜다고 하면 어머니는 "아니여."라고 했다. 자신의 입맛에 맞을 때까지 양념을 넣었다. 어머니는 늘 내게 간을 보라고 했다. 확인이 아니라 함께 있다는 표시였다는 걸 나중에 알았다. 나물 무침은 어머니의 영역이었다. 나는 보조일 뿐이었다.

나는 전 담당이다. 고구마, 동태포, 호박, 오징어, 새우 등 준비된 재료들로 전과 튀김을 만들었다. 25년 전을 부쳤지만 내 전 솜씨는 늘 제자리였다. 준비된 재료들을 보며 '오전에 끝내기 힘들겠구나.'라는 생각으로 전을 부쳤다. 그런 마음으로 부친 전 맛이 좋을 리 없었다. 얼렁뚱땅 끝내고 싶은 마음은 고스란히 전의 모양으로 드러나곤 했다. 긴 시간은 있었지만 정성과 성의가 부족했음을 느낀다.

전 중에서 가장 부치기 힘든 전은 꼬치전이었다. 이름과 달리 꼬치는 쓰지 않았다. 파와 당근, 맛살과 햄을 가지런히 놓고 계란물을 부쳐 한 번에 붙였다. 색은 곱지만 모양은 늘 흐트러졌다.

꼬치전은 시집와서 처음 해봤다. 큰 시누이가 먼저 보여줬다. 나는 그대로 따라 했다. 꼬치 없이 재료가 붙어 있는 모습이 신기했다.

꼬치전만 하지 않으면 오후 세 시 전에 일이 끝났다. 꼬치전을 하는 날은 다섯 시를 넘겼다. 어느 순간 어머니는 꼬치전을 하지 말라고 했다. 모양이 자꾸 흐트러졌기 때문이다. 잘하지 못했지만, 해마다 같은 자리에서 전을 부치고 있었다.

동태전도 쉬운 일은 아니었다. 언 동태에 소금을 뿌려 짠지를 만든 적도 있었다. 동태를 녹이지 않은 상태에서 계란물을 입혔더니 계란옷이 훌렁 벗겨졌다. 동태 속살이 흐트러져 숟가락으로 떠먹어야 할 때도 있었다. 또 튀김가루를 개어 튀김옷을 씌웠더니 동태전인지 밀가루 빵인지 구분이 안 될 때도 있었다.

어느 날 큰 시누이가 동태전은 본인이 부치겠다고 나섰다. 쉽지 않은 동태전이라 큰 시누이가 해준다니 고마웠다. 지금 생각해보니 시누이가 자청해서 동태전을 하겠다고 한 데는 또 다른 이유가 있었던 것 같다. 내가 망친 동태전을 먹는 사람이 어머니가 아니었을까? 지금 와서야 그 선택이 어머니를 배려한 결정이었을지도 모르겠다는 생각이 든다.

이번 추석에는 평소보다 더 많은 동태전을 부쳐야 했다. 먼저 고구마전을 부쳤다. 작은 시누이가 고구마를 얇게 썰어주었다. 고구마전이 그중 가장 쉬웠다. 튀김가루로 튀김옷을 만들어 기름에 튀기기만 하면 되기 때문이다. 쉽다 해도 그간의 경험으로 튀김옷은 얇게 입혀야 맛있다는 것을 알게 되었다.

소쿠리에 언 동태포를 넣고 수분이 빠지기를 기다렸다. 손가락으로 살을 눌러보기도 하고 손바닥으로 눌러보면서 흐물흐물하지 않고 탄력이 있을 때까지 기다렸다. 마음은 서둘러 끝내고 싶었지만 이번만큼은 망치고 싶지 않았다.

동태포에 부침가루를 살짝 묻혀 계란물에 넣었다. 건져서 프라이팬에 살짝 올려놓았다. 남편에게 노릇노릇하게 익으면 뒤집고, 다 익으면 채반으로 동태전을 옮기라고 했다. 남편은 다 익은 동태전을 젓가락으로 집어 휙휙 채반으로 던졌다. "아니, 그러면 다 부서

져요. 기름도 안 빠지고요. 깔아 놓은 종이 위에 가지런히 올려놓아요.”라고 잔소리를 했다. 남편은 전이 많다며 투덜거렸다. 남편의 말에 옆에 있던 어머니가 한마디 했다. “사면 맛도 없고 값만 비싸. 여기저기 나눠주면 우리 먹을 것도 없다.”라고 했다.

　이번 동태전은 어느 정도 모양새가 갖춰졌다. 채반 가득 쌓인 동태전을 보니 흐뭇했다. 내년에는 동태전 위에 빨간 고추를 채 썰어 올려 봐야겠다고 생각했다. 일이 잘되니까 더 잘해보고 싶은 마음이 생긴다. 만약 하기 싫고 귀찮다고 생각했다면 내 동태전은 계속 흐물흐물했을 것이다.

　세상은 하기 싫은 일을 견디며 해내는 사람에게 발전이라는 보상을 준다. 하고 싶은 일은 금세 성과가 보이는 일이다. 반면, 하기 싫은 일은 오랜 시간이 지난 뒤에야 비로소 성과가 나타난다. 어쩌면 성과가 없을 수도 있다. 그렇다고 안 할 수 있겠는가? 인생은 하기 싫은 일을 꾸역꾸역 해내는 사람에게 문을 열어주는 것 아닐까.

지친 하루를
다시 살게 한 힘

얼마 전, 캐나다에 있는 딸에게서 사진 한 장이 도착했다. 미국 그랜드캐니언의 광활한 협곡을 담은 사진이었다. 사진 속에는 다양한 지층 구조와 붉은 바위가 어우러진 절경이 펼쳐져 있었다. 그 사이에서 딸은 활짝 웃고 있었다. "예원이 덕분에 엄마는 여기 앉아서 그랜드캐니언을 구경한다."라고 문자를 보냈다. 딸은 직접 가서 보면 사진보다 훨씬 멋지다는 답장을 보냈다.

캐나다에서 미국은 그리 먼 거리가 아닌가 보다. 딸은 회사 휴가 기간에 혼자 미국으로 여행을 갔다. 관광 투어 버스를 타고 다녔다고 했다. 마침 한국 사람이 두 명 있었다고 했다. 딸은 혼자 여행을 왔지만 그들이 있어서 여행이 더 즐거웠다고 했다. 맥주도 한 잔씩 마셨다고 했다.

며칠 뒤, 딸이 캐나다로 돌아왔다며 화상 통화를 걸어왔다. 금요일 밤 비행기를 타고 일요일 밤에 도착했다고 했다. 다음 날 아침 바로 출근했는데, 눈도 제대로 뜨지 못할 정도로 피곤하다고 했다. 이제는 여행을 그만 다닐 거라고 했다. 체력도 부족하니 더 이상 여행을 다니지 말아야겠다고 말했다.

그런 딸을 보며 문득 생각이 들었다. '그렇게 힘들고 피곤한데, 딸은 왜 그런 고생을 사서 할까?' 나는 딸이 보내온 사진 한 장만으로도 그랜드캐니언의 장관을 느낄 수 있다. 하지만 딸은 사진보다 사람을, 사람보다 체험을 더 중요하게 생각하는 것 같았다.

일요일 저녁, 엄마에게서 전화가 왔다. 엄마의 나이는 여든이다. 열 명의 초등학교 동창들과 함께 정동진으로 여행을 다녀왔단다. 일박 이일 일정이었다. 거기서 쑥을 뜯어 왔다며 나에게 가져가라고 했다. 쑥은 핑계처럼 느껴졌다. 여행에서 있었던 이야기를 나와 나누고 싶었던 마음이었다. 나는 블로그에 글을 쓰느라 엄마의 말에 건성으로 대답했다. 엄마의 말은 끊이지 않았다. 나는 한 시간 후에 가겠다고 말하고 전화를 끊었다.

현관문을 열고 들어가니 엄마는 소파에 누운 채 일어나지 못한 상태로 고개만 들어 나를 바라보았다. 식탁 위 소쿠리 안에는 쑥이 가득 담겨 있다. "이걸 여행 가서 캐 왔어요?" 내가 묻자 엄마는 "그냥 지나치려 했는데, 쑥이 보들보들하니 좋아 보여서. 남들이 음료수 마신다고 할 때 잠깐 뜯었지."라고 대답했다. 엄마는 집에 가져가서 된장국도 끓이고, 쑥 부침개도 해서 먹으면 맛있을 거라고 했다.

캐는 것도 힘들었을 텐데, 이 무거운 걸 어떻게 가져왔을까 궁금했다. 나는 "엄마, 마트에 가면 다 있어요. 이제는 이렇게 하지 마세요."라고 말했다. 엄마는 "마트에 있는 것과는 다르다."라며, 아무것도 모르면서 아는 척한다며 입을 삐죽 내밀었다.

엄마에게 어디에 다녀왔냐고 물었다. 엄마는 "구경이고 뭐고, 힘들어서 죽을 뻔했다. 총무라는 사람이 어디를 간다는 말도 없이, 비용은 어디에 어떻게 썼는지 전혀 설명하지 않고 이리 가라 저리 가라 하니까 화만 나더라."라고 말했다.

엄마의 '손목닥터 9988' 앱에서 걸음 수를 확인했다. 일요일 하루 동안 만이천 보가 넘었다. 젊은 사람도 힘들어할 만한 걸음 수였다. 더 놀라운 것은 엄마는 여전히 "걸어 다닐 수 있을 때 다닐 거야."라고 말하는 것이었다. 엄마에게 여행은 체력의 한계를 시험하는 무대 같았다. 엄마는 연신 "쑥 가져가라."라고 했다. 나는 가져오고 싶지 않았다. 다듬고 씻고 삶는 일이 귀찮다며 가져가지 않겠다고 했다. 엄마는 소파에 누운 채로 제철에 먹는 음식의 소중함을 모른다며 '쯧쯧쯧' 혀를 찼다.

엄마가 전화하기 전, 나는 글을 쓰고 있었다. 토요일에 잠실 교보문고에서 열린 황 작가의 사인회에 다녀와 후기를 쓰고 있었다. 하루종일 그 글에 매달렸다. 문장을 고치고 다시 읽었다. 남편이 탁구 치러 가자고 했지만, 알았다고 대답만 하고 의자에서 일어나지 않았다. 고칠수록 내가 쓴 글이 제법 괜찮아졌다. 남이 보면 어떻게 생각할지 몰라도, 나는 그 글을 쓰는 동안 그 장면을 떠올리며 히죽히죽 웃었다. 시간 가는 줄도 몰랐다. 머리가 맑아졌고, 오히려 기운이 났다. 글을 고치다가 시계를 보니 일곱 시였다. 벌떡 일어나 김치찌개를 끓여 밥상을 차렸다. 밥을 후딱 먹고 엄마 집으로 갔다.

피곤하다고 느낄 때는 하기 싫은 일을 억지로 할 때인 것 같았다. 남에게 보여주기 위해 억지로 하는 일은 마음과 몸 모두를 지치게 했다. 반면, 내가 하고 싶어서, 좋아서 하는 일은 밤을 새워도, 온종일 붙잡고 있어도 피곤하지 않았다.

딸이 여행을 다녀와서 피곤하다고 한 것은 육체적인 피로 때문이었다. 하지만 그 안에는 새로운 사람과의 만남, 낯선 풍경을 통해 얻은 즐거움이 컸기에 그녀는 또다시 여행을 떠날 것이다. 엄마는 하루에 만이천 보를 걷고도 앞으로도 갈 수 있으면 계속 가겠다고 말했다. 몸은 힘들지만 다녀오면 마음은 여전히 살아 있음을 의미한다.

직장 일에 지치고 마음이 흔들릴 때, 누군가에게 보여주기 위한 일이 아닌 진정으로 내가 하고 싶은 일을 조용히 해보는 건 어떨까. 그 일이 비록 작고 하찮아 보여도 괜찮다고 생각한다. 글을 쓰는 동안 시간 가는 줄 몰랐던 나처럼, 그 일에 오롯이 몰입하다 보면 어느새 뭉쳐 있던 마음이 풀리고 몸이 가벼워지는 것을 느낄 수 있다.

이것이 바로 딸이 그랜드캐니언을 직접 보러 가는 것처럼, 엄마가 걸을 수 있을 때 더 많이 걸어보겠다는 것처럼, 몸은 힘들어도 마음을 회복하는 힘이었다. 내가 좋아하는 일을 하고 있다면, 그 자체로도 나의 삶을 살고 있다고 생각한다. 조금 느려도 괜찮고, 남들 눈에 띄지 않아도 괜찮다. 몸이 좀 피곤해도 괜찮다. 그만큼 마음은 회복되니까. 마음이 회복될 수 있는 일을 찾아가는 삶이 결국 가장 나다운 삶이라고 믿는다.

◇ 5 ◇

실수가 문을 열어 준
뜻밖의 배움

토요일 저녁, 진창 계장의 부고장이 카카오톡으로 도착했다. 그의 아버지는 여든일곱 살이었다. 진창 계장은 해외여행 중에 아버지의 부고 소식을 들었다. 여행 일정을 취소하고 일요일 아침에 장례식장에 도착한다는 문자가 연이어 왔다. 며칠 후 진창 계장이 출근했다. 아침에 내 자리로 와서 고맙다는 인사를 했다. 굳은 표정이었다. 잊고 있다가 그를 보자 그의 아버지가 돌아가셨다는 사실이 떠올랐다. 나는 무슨 말이라도 해야 할 것 같았다.

"아버지는 갑자기 돌아가신 건가요?"

그는 아니라고 했다. 여행 중 갑작스러운 죽음이 아니라는 사실에 순간적으로 안도감이 들었다. 여행 일정 마지막에 부고 소식을 들었다고 했다. 나도 모르게 여행 전체를 망치지 않은 것도 다행이라는 생각이 들었다.

"아프셨나요?" 물었다. 진창 계장은 작은 목소리로 답했다. "네, 요양원에 계셨어요." 그는 숨을 골랐다. 나는 "아버지도 살 만큼은 사신 거네요. 너무 슬퍼하지 말고, 계장님, 몸 추스르세요."라고 말했다. 진창 계장은 고개를 끄덕이며 내 자리를 떠났다.

진창 계장이 가고 나서 내가 한 말 중 '살 만큼 사셨네요.'라는 말이 마음에 걸렸다. 그 말이 위로였는지, 회피였는지 그때는 알지 못했다.

나의 아버지는 일흔여섯 살에 돌아가셨다. 돌아가시기 며칠 전부터 가슴이 아프다고 하셨다. MRI 검사를 예약해 두었는데 갑자기 상태가 악화되었다. 새벽에 아버지가 자다 깨어 가슴이 아프다고 하였다. 당시 코로나 시절이었다. 오빠는 아버지를 받아주는 병원 찾기가 쉽지 않았다고 했다. 급하게 수술을 받았지만 아버지는 중환자실에서 삼 일만에 돌아가셨다. 살아생전 건강하셨던 아버지의 죽음 앞에서 오빠는 판단이 늦었다고 자책했고, 나는 검사 예약을 더 일찍 하지 못한 것을 후회했다.

진창 계장의 아버지와 비교하면 우리 아버지는 상대적으로 젊은 나이에 갑작스러운 죽음을 맞았다. 그러다 보니 진창 계장의 아버지는 오래 사셨다는 말이 나도 모르게 튀어나온 것 같았다.

그날 저녁, 자이언트 책 쓰기 정규 과정 비대면 수업에서 이은대 작가는 지인의 장례식장에 갔는데 조문객들의 '호상'이라는 말이 거슬렸다고 했다. 나도 장례식에 가면 부모님들의 나이가 아흔이 넘으면 '호상'이라는 말을 자주 했다. 이은대 작가는 사람이 죽었는데 '호상'이라는 표현은 적절하지 않다는 것이었다. 누군가를 떠나보낸 사람에게는 나이가 많든 적든 모두 슬픈 일이다. 나이로 슬픔을 평가해서는 안 된다고 했다. 그 말을 듣는 순간, 내 마음속에 무언가 크게 울리는 느낌이었다. 내가 진창 계장에게 했던 말이 떠올랐다. '살 만큼 사신 거네요.'라고 한 그 말. 그는 내 말을 어떻게 받아들였을까. 혹시 마음이 상했을 수도 있다는 생각이 들었다. 나는 그의 마음을 헤아리기보다는 내가 하고 싶은 말만 했다는 생각이 들었다.

얼마 전 부서 워크숍이 있었다. 평소 사무실에서는 얼굴 마주칠 일이 없는 직원들과 외부 식당에서 밥을 같이 먹었다. 예전에 함께 근무했던 민영 주임 얼굴에 메디폼이 여러 개 붙어 있었다. 나는 "점 뺐어요?"라고 물었다. 그는 고개를 끄덕이며 말했다. "초등학교 일학년 아들이 학교 오지 말래요. 아빠가 너무 늙어 보인대요." 그 말을 듣는 순간 괜히 발끈했다. 내가 아는 민영 주임은 주말마다 아들과 놀아 주는 사람이었다. 핸드폰에 있는 아들 사진을 자주 보여주었다. 아들이 자라는 모습에 늘 관심 있는 가정적인 직원이었다. 아들에게 그런 말을 들었다고 하니 속상했다.

"아니, 주임님이 어때서요? 아들이 그러면 안 되지요. 나이 많아서 강점도 있잖아요?"라고 말했다. 민영 주임은 "그렇죠! 친구 아빠들이 다 저한테 형님이라고 해요."라고 하며 웃었다. "아들에게 말하세요. 아빠는 너의 친구 아빠들 중에 대장이라고."

지금 생각해 보니, 민영 주임 편든다고 한 말이었다. 하지만, 나는 오히려 그를 가르치고 있었다. 그의 외모 변화는 아들을 위한 마음에서 비롯된 것일 수도 있었다. 질문을 바꿨어야 했다. "아들에게 그런 말 들으니 기분이 어땠어요?"라고.

그의 말을 듣지도 않고 난 내 생각대로 민영 주임과 그의 아들 마음을 단정했던 것이다.

내가 진창 계장에게 말실수를 했다고 느낀 이유와 민영 주임에게 그의 아들을 탓하는 말을 했던 이유는 같았다. 나는 늘 내가 느낀 대로 먼저 말했다. 내 경험에서 나온 말이었고, 내 기준에서는 위로였다. 하지만 그 말은 상대의 마음이 아니라 나를 향해 있었다.

나는 상대의 이야기를 듣기보다 내가 준비해 온 말을 꺼냈다. 그 사람이 어떤 마음인지 묻기보다 이렇게 말하면 좋겠다고 생각한 말을 먼저 했다. 그래서 위로하려던 말이 가르침처럼 들렸고 덜어 주려던 말이 오히려 무겁게 닿았다.

입을 열면 습관처럼 편한 말이 먼저 튀어나온다. 그 말이 상대에게 어떻게 들릴지는 뒤늦게 떠올린다. 말을 하고 나서야 '그때는 이렇게 묻는 게 맞았겠다.'라고 돌아본다.

말은 결국 내가 살아온 방식에서 나온다. 내 안을 들여다보지 않으면 비슷한 말실수는 반복될 것이다.

그래도 괜찮다. 실수하면서 배우는 과정이 삶을 조금씩 바꾸니까. 그렇게 나는 조금 더 조심스럽게 말하는 사람이 되어간다.

3월의 초저녁

봄바람이 오늘따라 매섭다.
저 멀리 자신을 드러내며 내려오는
노을을 향해
돌을 던지고
소리를 지르며
다시 올라가라 해도

노을은 아랑곳하지 않고
시뻘건 불을 내뿜으며 세상을 압도한다.
봄바람은 내 가슴을 파고
노을은 나를 비웃는다.

이 찬바람이 따뜻하게 느껴지는 날
노을은 내 가슴속으로 들어오리라.

◇ 6 ◇

연습이 하루의
마음을 바꾸었다

천안에서 북토크가 열렸다. 그곳에서 함께 책을 쓰는 작가 한 사람을 만났다. 그녀에게서 중국어를 가르치는 작가가 있다는 이야기를 들었다. 나도 중국어를 공부하고 있다. 그 인연으로 단체 채팅방에 초대받았다.

그녀는 이은대 작가의 『책쓰기』 책에서 뽑은 문장을 중국어로 번역해 올렸다. 그럼 채팅방 사람들은 중국어로 따라 읽고 녹음하여 올렸다. 나도 문장이 어렵지 않아서 재미 삼아 올렸다.

그 후 꾸준히 참여했다. 단톡방 방장인 작가가 '작가님은 참 꾸준히 하시네요.'라는 댓글을 달아주었다. 그러고 보니 난 거창한 목표는 없어도 꾸준히 하는 것이 있었다. 전화 중국어를 17년째 하고 있다. 매일 아침 10분씩 대화하고 있다. 하루 있었던 일에 대해 이야기한다. 지금도 함께 근무하는 직원들은 내가 매일 중국어로 대화하는 말소리를 듣는다.

6~7년 전 우리 팀 팀장이 중국인에게 자신의 집을 세놓는 일이 있었다. 중국인과 말이 통하지 않자 나에게 도움을 요청했다. 새로 들어올 세입자인데 통화를 해줄 수 있는지, 언제 입주할 수 있는지 알아봐 달라고 했다. 수업만 들었을 뿐 직접 중국인과 대화를 해본 적 없었다. 대화가 통하지 않으면 중국어 문자라도 이용하자는 생각으로 알겠다고 대답했다.

팀장은 중국어 할 수 있는 사람이 있다며 나를 바꿔주었다. 간단히 인사를 하고 더듬더듬 중국어로 말했지만 상대방이 못 알아듣는 듯했다. 당황스러웠다. 나 역시 그들의 말을 알아들을 수 없었다. 안 되겠다 싶어서 "파 두완신, 파 두완신"(문자로 보내세요)을 반복하며 전화를 끊었다. 팀장에게는 못 알아듣겠다고 솔직히 말했다. 팀장은 "그렇게 오래 공부했는데도 안돼요?"라고 말했다. 그 순간 얼굴이 화끈거렸다. 그 후 난 사람들에게 중국어 공부를 하고 있다거나 중어중문학과 나왔다는 말을 하지 않았다. 같이 근무했던 직원이 다른 사람에게 나를 소개할 때 중국어를 잘한다고 하면 오히려 민망해하며 손사래를 쳤다. 시간은 쌓였지만 말은 쉽게 나오지 않았다. 단어는 막혔고 어순은 자주 흐트러졌다.

전화 중국어를 그만두고 종로에 있는 관광중국어 학원에 등록했다. 여럿이 모여서 수업을 듣고 발표도 했다. 잘하는 사람들을 보며 기가 죽었다. 본문 암기와 작문 숙제가 있었는데 하지 못했다. 결국 두 달 다니고 그만두었다. 꾸준히 다니면서 숙제도 열심히 했다면 실력이 좋아졌을 것이다. 하지만 난 실력 향상보다 포기가 더 빨랐다.

다시 전화 중국어 수강 신청을 했다. 이번에는 실력 향상을 목표로 삼지 않았다. 그저 나의 취미로 생각하기로 했다. 부담 갖지 않기로 했다. 포기보다는 지속이 더 나은 선택이라고 생각했다. 중국어를 배우는 이유가 중국인과 대화를 하거나 중국 여행을 가기 위해서가 아니라 단순히 나의 하루를 여는 시작이라고 여겼다. 남들이 하지 않는 일 하나 더 한다고 생각했다.

어느 날 예전에 함께 근무했던 직원이 내가 전화로 중국어 대화를 하는 걸 듣더니 "팀장님, 무슨 얘기를 하는지는 모르겠지만 예전과는 달라요. 전에는 '음, 음.' 할 때가 많았는데 지금은 유창해 보이는데요."라고 말했다. 기분이 좋았다. 예전에 팀장의 말에 상처받아서 포기했더라면, 혹은 방법의 문제라며 다른 방법을 찾다가 다시 제자리로 돌아오지 못했다면, 이어오지 못했을 것이다.

탁구 동호회에서 탁구를 배웠다. 고등학교 후원 회원들이 재능 기부로 우리 구청 탁구 동호회 회원에게 가르쳐주었다. 매주 화요일 구청 근처 교회 지하 3층 주차장에 마련된 탁구장에서 레슨을 받았다. 빠지지 않고 나갔다. 하지만 근면 성실한 태도에 비해 탁구 치는 자세가 나아지지 않았다. 공만 오면 자세가 흔들렸다. 오는 공을 보고 중심 잡고 치라고 하는데, 나는 오는 공을 따라 몸이 춤을 췄다. 집으로 돌아가는 길에서 다음에 올까 말까를 고민했다. 나보다 자주 오지 않는 사람이 잘 치면 의기소침해졌다. 내가 모자란 것 같았다. 이런 기분이 싫어서 주말에 남편과 탁구장에 가서 연습도 했다. 코치로부터 좀 나아졌다는 말을 들으면 기분 좋았다. 다시 도루묵이 되었다는 말을 들으면 소질이 없다는 말처럼 들렸다. 그만두고 싶었다. 나이 쉰 살에도 남의 말에 마음이 흔들리는 나를 마주해야 했다.

탁구장에 오는 회원들이 점점 줄었다. 그래도 난 갔다. 코치들이 빡세게 가르치니 재미가 없어서 안 온다고들 했다. 난 재미가 없어도 갔다.

지인의 소개로 가입했고, 건강을 생각하다 보니 일주일에 한 번 땀 흘리는 것이 좋았다. 그래서 시작했다. 소질이 있어서, 누구보다 잘하고 싶어서, 대회에 나가서 우승해 보겠다는 목표가 있었다면 진작 그만두지 않았을까?

중국어든 탁구든 눈에 띄는 목표가 없었기에 오히려 이어올 수 있었다. 사람들은 목표가 있어야 성공할 수 있다고 말한다. 물론 틀린 말은 아니다. 하지만 지속하고 싶으면 나만의 작은 목표를 두고 그냥 해보는 것도 방법이다.

그만두고 싶다는 마음이 올라와도 내가 멈추지 않은 이유는 도달해야 할 목표가 없었기 때문이었다. 남들보다 느리고 부족해도, 그래도 멈추지 않았던 시간들이 나를 조금씩 단단하게 만들어주고 있다고 느꼈기 때문이다.

잘되면 기분이 좋다. 잘 안 되면 기분이 나쁘다. 누군가 칭찬을 하면 기분이 좋고, 누군가 핀잔을 주면 기분이 나쁘다. 당연하다. 중요한 건 기분에 따라 내 삶이 흔들리고 있다는 걸 알아차리면 된다. 그날그날 좀 안 되면 어떤가. 삶은 매일이 연습이다. 하루가 매일 반복되는 건 우리에게 반복적인 습관을 만들라는 것 아닐까.

한 번 거절했을 뿐인데
선명해진 기준

나는 거절에 서툴렀다. 다른 사람의 기분을 상하게 하지 않으려는 습관이 나를 억눌렀다. 결국, 나는 나를 희생하는 길을 택했다. 퇴근길 직원의 저녁 제안처럼 사소한 일에서도 나는 원치 않는 자리에 응하곤 했다. 사회생활이라는 이유였다. 남에게 피해 주지 않으려 애쓸수록 역설적으로 나는 나 자신에게 깊은 상처를 주고 있었다는 사실을 뒤늦게 깨달았다.

사무실에 휠체어를 탄 한 남성이 들어왔다. 손에는 투명 비닐에 싸인 살구색 덧신 네 켤레가 들려 있었다. 다른 한 손으로는 검지를 펴 만 원이라는 뜻을 전했다. 얼굴이 익었다. 한 달 전 나는 이 사람에게 회색 덧신 네 켤레를 샀다.

"저번에 제가 샀잖아요. 돈 없어요."라고 말했다. 그는 대답하지 않고 덧신을 내 쪽으로 내밀었다. 나는 이미 샀다는 뜻으로 신고 있는 양말을 가리켰다. 그는 덧신을 조금 더 가까이 밀며 나를 바라보았다. 사실 돈이 없었던 것은 아니었다. 그 상황이 부담스러웠다. 그래서 가장 쉬운 말을 꺼냈다. 그 선택이 오래 마음에 남았다.

그는 휠체어를 돌려 다른 직원에게로 갔다. 그쪽에서도 거절의 말이 들렸다.

오후에는 워크숍이 있었다. 점심을 함께 먹고 각자 시간을 보내는 일정이었다. 영화는 선택 사항이었고, 단체 사진만 찍기로 했다. 나는 우리 팀 예진이와 함께 사무실을 나와 뷔페 장소까지 걸어갔다. "밥 먹고 영화 볼 거야?" 하고 물었다. 예진이는 "볼만한 영화가 없어서 안 볼래요."라고 했다. 나는 카페에 가서 책을 읽다가 영화도 볼 생각이라고 말했다.

식사 후, 나는 백화점 9층 외부 정원으로 올라가 벤치에 앉아 책을 펼쳤다. 그때 딸에게서 전화가 왔다. 나는 딸에게 오늘 워크숍이 어떤 식으로 흘러갔는지 이야기해줬다. 다들 밥을 먹고 각자 흩어졌고, 특별히 함께한 건 없다고 했다. 나는 혼자 있다가 영화 〈야당〉을 볼 거라고 말했다. 과장과 남자 직원들은 볼링을 치러 간다는

데, 나는 "안 갑니다."라고 단칼에 거절했다고도 말했다.

그러다 문득 예진이가 떠올랐다. 신규 직원인 예진이와 같이 뭔가를 했어야 했을까? 딸에게 물었다. "너라면 팀장이 먼저 점심 먹고 같이 쇼핑도 하고 시간을 보내자고 하는 게 좋겠어?" 딸은 한참을 생각하더니 입을 열었다.

"솔직히 나도 상사와 같이 시간을 보내자고 하면 거절은 못 할 것 같아. 그런데 엄마가 먼저 책을 읽겠다고 말을 했잖아? 상대방도 '아, 팀장님은 혼자 있고 싶은가 보다'라고 느꼈을 것 같아. 밥만 같이 먹어도 충분했어. 그다음은 혼자 있는 게 더 편할 수도 있어." 딸이 말을 듣고서야 알았다. 나는 예진이를 배려하지 못했을까 봐가 아니라 '팀장답지 못했다'라는 시선이 신경 쓰였던 것이다.

나는 요즘 내가 너무 내 방식만 고집하는 사람은 아닌지 생각하게 된다. 과장이 볼링 치러 가자고 했을 때도, 나는 망설임 없이 "안 갑니다."라고 했다. 솔직히 볼링은 가기 싫었다. 억지로 어울리고 싶지 않았다. 책을 읽겠다고 먼저 말해버린 것도 내 방식이었다.

덧신을 팔러 온 장애인 아저씨에게 거절을 하고 나서는 마음이 불편했다. 과장이 점심식사 후 볼링을 치러 가자는 제안에 대한 거절은 그리 마음이 불편하지 않았다. 덧신은 그리 나쁘지 않았다. 그에게서 사는 것 자체가 문제라고 생각하지도 않았다. 다만 그 상황이 나를 버겁게 했다. 설명하고 마주하는 일을 피하고 싶었다. 그래서 가장 쉬운 선택을 했다는 사실이 마음에 남았다.

과장이 볼링 가자고 했을 때 나는 가야 하나 말아야 하나 고민했다. 왜냐하면 워크숍이었기 때문이다. 직원들이 함께하는 행사인데 내가 싫다고 안 가겠다고 하는 건 마음에 걸렸다. 그리고 과장이 일부러 나에게 물어보았는데 '아니요'라고 매몰차게 말하기 쉽지 않았다. 하지만 나는 이번 워크숍의 취지가 밥 먹고 자유롭게 즐기자는 것이라면, 나도 내 마음대로 하고 싶은 일을 하며 지내도 된다고 여겼다. 그래서 당당하게 가지 않겠다고 말했다. 오히려 내가 내 의견을 말하고, 내가 하고 싶은 일을 하고 있다는 것에 만족감이 컸다.

거절은 순간의 말이지만 그 여운은 오래 남았다. 같은 거절인데도 마음이 어떤 건 가볍고, 어떤 건 무겁다. 그 차이는 분명했다. 내 마음에 솔직했는지, 상대를 존중했는지에 있었다.

덧신을 거절했을 때는 마음속에 미안함과 회피가 남았고, 볼링을 거절했을 때는 내 선택에 대한 분명한 이유와 납득이 있었다. 거절을 잘하는 사람이 되는 것보다 중요한 건, 거절한 뒤 내 마음을 들여다보는 태도였다.

거절은 인간관계에서 피할 수 없는 일이지만, 그 뒤에 남은 마음을 성찰하는 일은 더 나은 나로 나아가는 길잡이가 되어준다. 나는 이제 끌려가는 사람도, 무심하게 밀어내는 사람도 아니다. 내 마음의 결을 살피며 관계를 맺는 사람이 되고 싶다.

하지만 어떤 이유에서든 거절은 내게 여전히 쉽지 않다. 그래서 나는 '거절'보다 '선택'이라고 생각해 보기로 했다. "나는 덧신을 사지 않기로 선택했고, 볼링장에 가지 않기로 선택했다." 거절이 아닌 선택이라고 생각하면 내 마음이 조금 편해졌다. 누군가를 밀어내는 게 아니라 내가 나를 위해 선택한 결과라고 믿을 수 있기 때문이다.

나는 앞으로도 거절의 상황에서 망설일 것이다. 하지만 그때마다 이렇게 생각해보려 한다. "이건 거절이 아니라, 나의 선택이다." 내 마음을 존중한 선택이라면 그 결정에 더 당당해져도 괜찮지 않을까?

◇ 8 ◇

내가 찾은 힘은
어디에서 왔을까

출근길, 동네 공원 벤치에 아버지가 앉아 있었다. 이른 아침, 다른 어르신들은 걷고 있었는데 아버지는 멍하니 먼 하늘만 바라보았다. 운동하러 나온 것 같지는 않았다. '아버지'라고 불러도 잘 알아듣지 못했다. 가까이 가서 부르자 눈을 맞추었다. 환하게 웃는 모습이 좋았다. 사진 한 장 찍어 드리겠다고 했다. 아버지는 껄껄 웃었다. 나는 그 모습을 핸드폰 카메라에 담았다. 그 사진이 아버지의 영정 사진이 될 줄, 그때는 꿈에도 몰랐다.

사진을 찍어드리고 며칠 지난 주말이었다. 마트에서 장을 보고 집으로 돌아가는 길에 또 아버지를 만났다. 집 앞 고가 철도 아래

벤치에 앉아 계셨다. 지나가는 사람들을 유심히 바라보고 계셨다. 아버지는 미동 없이 고개와 눈동자만 돌리며 주위를 살폈다. 며칠 전과는 사뭇 다른 모습이었다. 어제 가슴이 아프다고 하셔서 대학병원에 예약을 해 두었는데, 요 며칠 새 상태가 더 나빠진 건 아닌지 걱정이 되었다. "아버지, 왜 자꾸 나와 계세요? 이젠 아침저녁으로 쌀쌀해요."라고 말하며 장바구니를 벤치 옆에 내려놓고 아버지 옆에 앉았다. 아버지는 집안보다는 밖이 더 좋다고 했다. 그리곤 재개발 공사 현장을 가리키며 저 아파트는 언제 다 지어지냐고 물었다. 40년 넘게 살았던 집터다. 아버지는 말없이 공사장 울타리만 바라보셨다.

그 울타리 안에 우리 집터가 있었다. 나는 결혼 전까지 그곳에서 살았다. 오빠보다 먼저 결혼해 친정 근처에 보금자리를 마련했다. 그 후 오빠도 결혼해서 청주에서 신혼살림을 시작했다. 아이들이 생기자 다시 부모님에게 아이들을 맡기게 되었다. 먼저 내가 딸을 맡겼고, 일 년 후 오빠 내외가 아들을 맡기고 2년 후 둘째 딸을 맡겼다. 그렇게 몇 년 동안 엄마와 아버지는 이 집에서 갓난아이 셋을 키워 내셨다.

내가 딸을 낳자 엄마는 직장을 그만두고 첫 외손녀를 키웠다. 아버지는 뇌출혈 수술 후 직장에 다니지 않았다. 엄마가 육아를 전담하자 아버지는 집안일을 도맡아 했다. 조용한 집안에 아이 울음소리가 들리면서 두 분은 다시 바쁜 일상을 보냈다. 아침 7시만 되면 아버지는 우리 집 초인종을 눌러 외손녀를 유모차에 태워 당신의 집으로 데려갔다. 외손녀를 엄마에게 맡기고 나서 다시 우리 집에 왔다. 밥상 위의 남은 반찬을 냉장고에 넣고, 밥풀이 말라붙어 있는 밥그릇을 모아 설거지한다. 설거지가 끝나면 딸과 내가 뒹굴고 잤던 이불을 갠다. 집안 곳곳을 쓸고 닦는다. 걸레를 빨아 마당 빨랫줄에 넌다. 그러면 아버지의 오전 일과도 끝이 났다.

아이들이 초등학교에 간 후에도 아버지의 일은 끝나지 않았다. 양쪽 어깨에 아이들 가방 세 개를 짊어지고 등하교했다. 학교 선생님들과 학부모 사이에서는 나와 새언니보다 손자, 손녀의 할아버지로 더 유명했다. 그렇게 십여 년이 흐른 뒤. 손자, 손녀들은 중학생, 고등학생이 되었다. 아버지에게 남은 건 4층 다가구 주택 계단을 오르내리면서 얻은 무릎 관절 통증이었다. 양쪽 무릎 인공관절 수술을 받았음에도 3층까지 오르내려야 하는 계단은 원수 같았다. 세입자 보일러가 고장 나거나 장마에 세입자 방 천장이 새기라도 하면 집수리가 지겹다며 하소연했다.

그러다 재개발로 집이 헐렸다. 아버지는 승강기가 있는 6층 신축 빌라로 이사했다. 마당도 없고 베란다도 없는 빌라였지만 내부는 넓고 깔끔했다. 무엇보다도 아버지는 집 관리를 하지 않아도 된다며 좋아했다.

이 빌라로 이사 왔을 때 아버지는 "나보다 더 행복한 사람은 없다."라고 말했다. 국가유공자 수당, 국민연금 등으로 주머니 사정이 괜찮았고, 몇 년만 기다리면 새 아파트로 이사 갈 수도 있었다. 그런데 왜 아버지는 자꾸만 집 밖으로 나왔을까? 혹시 손자 손녀들을 키우고 집을 돌보며 바쁘게 살았던 예전 일들이 그리웠던 게 아닐까. 벤치에 앉아 생각에 잠겨 있었던 아버지의 모습이 아직도 눈에 선하다.

아버지와의 마지막 만남은 그로부터 사흘 뒤였다. 새벽에 걸려온 오빠의 전화는 아버지의 응급 수술 소식이었다. 하지만 아버지는 끝내 중환자실에서 깨어나지 못했다.

아버지가 돌아가시자 엄마는 힘들어했다. 아버지가 갑작스레 돌아가시고 한 달 정도는 혼자서 남몰래 우셨던 것 같다. 부부관계가 애틋하지 않았다. 엄마는 아버지 때문에 못 살겠다고 했고, 아버지는 엄마 때문에 못 살겠다고 했다. 혼자 남은 엄마는 남편이 있을 때보다 없어서 더 힘들어졌다. 남은 인생을 혼자 살아야 한다는 생각에 막막했을 것이다. 저녁에 빈집에 문을 열고 들어오면 무섭고 불안해서 잠이 잘 오지 않았다고 한다.

노트와 펜은 엄마에게 위안이 되었다고 했다. 엄마는 저녁 시간에 글을 쓰고 그림을 그리며 보냈다. 저녁에 뉴스를 보면서 자막에 나오는 단어를 썼다며 공책을 내밀었다. 공책에 쓰인 단어는 학창 시절 영어 단어를 외운다고 썼던 연습장 같았다. 또 며칠이 지나갔더니 일기를 썼다고 보여주셨다. 엄마의 서운한 마음, 외로운 마음이 느껴졌다. '그래도 이러지 마라야것다. 자식들 거쩡한다'라는 글을 보았다. 자식 앞에서는 강한 척해도 자신의 글 속에서 자신의 속내를 다 드러낸 엄마를 보며 가슴이 뭉클했다.

지나간 달력 종이를 4등분으로 접어서 뒷면에 우리에게 들려주었던 당신의 옛이야기를 남기기도 했다. 버드나무 가지처럼 흐느적거리는 글자, 사투리로 소리 나는 대로 쓴 글은 읽기 어려웠지만 그 속에 엄마의 삶이 고스란히 담겨 있었다. 나의 칭찬에 엄마는 입을 삐죽였지만 눈은 마냥 웃고 있었다. 엄마는 글쓰기를 통해 점점 기운을 차리는 듯했다.

아버지는 비록 글을 쓰지는 않았지만, 평생 가족을 위해 헌신하며 삶의 책임을 다했다. 손자, 손녀들을 돌보고 집을 관리하며 나름대로 자신만의 방식으로 존재의 의미를 찾았다. 아버지는 매일의

노동을 글쓰기로 삼았고, 헌신적인 삶 자체를 자신만의 자서전으로 만들었다.

반면 어머니는 남편의 부재로 찾아온 공허함을 글쓰기라는 새로운 방식으로 채워 나갔다. 무료하고 심심할 때 글쓰기만큼 좋은 것은 없다. 엄마는 글쓰기를 통해 혼자서도 행복하게 살아갈 방법을 스스로 터득하고 있었다.

아버지는 '움직이며 헌신하는 삶' 속에서 의미를 찾았다. 그리고 어머니는 '글쓰기라는 새로운 몰입'을 통해 그 의미를 이어갔다. 이처럼 삶의 형태는 달라도 우리 모두는 각자의 자리에서 자신만의 이야기를 써 내려가며 살아가고 있다는 것을 다시금 깨닫는다.

나를 온전히 바라볼 수 있었던 시간

다섯 걸음

결핍을 인정하자
채움이 시작됐다

한 동네에 친정과 시댁이 모여 살았다. 재개발이 되면서 친정, 시댁, 그리고 우리 집에도 새 아파트가 생겼다. 오늘은 새 아파트 사전 점검 마지막 날이다. 휴가를 내고 아침부터 남편과 아파트 사전 점검을 했다. 엄마가 집에 있는지 전화했다. 엄마의 새 아파트 점검은 어제 동생 부부가 와서 해줬다. 하지만 나는 다시 가서 하자를 찾아 주고 싶었다. 마침 엄마가 집에 있었다. 새 아파트 앞에서 만나자고 했다.

아파트 입구에 사전 점검 이벤트로 사진을 찍어 작은 액자에 넣어 주는 행사가 있었다. 사진 찍자고 하자 엄마는 나이가 들어 예쁘지도 않은데 뭘 자꾸 찍느냐며 손을 흔들었다. 하지만 엄마는 사진관 밖에 걸린 거울 앞에서 흐트러진 머리를 손으로 매만졌다. 사진

사는 사진이 두 시간 뒤에 나온다고 했다. 엄마는 잘 나오게 해 달라고 말했다.

엄마의 아파트에 도착하니 세 시였다. 안내원은 네 시까지 점검을 마쳐 달라는 말을 남겼다.

난 앱으로 하자를 등록해 본 적이 없었다. 남편이 혼자 하는 것을 어깨너머로 보았을 뿐이다. 엄마에게 핸드폰을 달라고 해서 자이하자 접수 앱을 찾았다. 배터리는 12%였다. 엄마 핸드폰은 느렸고, 나는 앱 조작에 익숙하지 않았다.

시간은 속절없이 흘렀다. 조작은 어려웠다. 엄마는 거실과 방을 돌아다니며 문틀이 찍혔다거나 바닥이 찍힌 곳을 찾아 스티커를 붙였다. 우리 집에서 혼자 점검하고 있을 남편 생각도 났다. 엄마 집에서 하자를 찾아 접수하는 게 맞는지 갈등이 생겼다.

엄마에게는 어제 어느 정도 동생이 찾은 것 같다고 말했다. 엄마는 이곳에 세탁기를 놓아도 될지 물으며 구석구석을 살폈다. 엄마는 하자보다 앞으로 살아갈 집을 더 그려보고 싶어했다. 난 우리 집 하자를 남편 혼자 점검하고 있다는 생각이 머리에 꽉 차서 엄마 하는 얘기가 귀에 들어오지 않았다. 엄마 핸드폰 배터리가 점점 줄어들고 있었다. 마치 배터리처럼 내 마음의 여유도 닳아 가는 것 같았다. 엄마에게 핸드폰 배터리가 얼마 남지 않아서 하자 접수를 할 수 없다고 둘러댔다. 우리 집으로 가자고 말했다.

남편은 혼자 점검을 하고 있었다. 남편은 왜 벌써 왔냐고 물었다. 나는 솔직히 말했다. 엄마의 핸드폰 배터리가 얼마 남지 않았다고. 엄마는 우리 집에서 하자를 찾았다. 엄마 집 점검은 제대로 하지 않고 왔다. 그런데 엄마는 우리집에서 우리집 하자를 찾아주고 있다. 마음이 편하지 않았다. 그때 남편 핸드폰이 울렸다. 시댁 식구들이 모두 온다고 했다. 마침 엄마랑 찍은 사진이 생각났다. 사진 찾으러 간다고 하니 엄마도 집에 가고 싶다고 했다. 그날 우리는 각자의 집을 오가며 마음까지 바쁘게 옮겨 다녔다.

엄마와 나는 1층 로비로 갔다. 사진관 문은 닫혔다. 찾아가지 않은 사진 10개 정도가 사진관 앞 테이블에 놓여 있었다. 하지만 우리 사진은 보이지 않았다. 물어볼 사람이 없었다. 나는 그냥 가자고 했다. 엄마는 "남의 얼굴 찍어놓고 안 주는 법이 어디 있냐!"라고 언성을 높였다. 목에 사원증을 건 여직원이 우리 곁으로 왔다. 그 직원은 업체가 들어온 거라 문이 닫혔으면 자기네도 어쩔 수 없다고 말했다. 그 말에 엄마는 더 큰소리를 질렀다. 나는 그냥 잊어버리자며 팔을 잡았다. 그때 남편으로부터 전화가 왔다. 시누이가 사진을 가져왔다고 했다. 나는 엄마에게 시누이가 사진을 가져갔다고 작은 소리로 말했다. 나는 민망해서 그 자리를 얼른 벗어나고 싶었다. 엄마는 내 뒤를 따라오며 "왜 네 시누이는 남의 사진을 말도 없이 가져가는 거니?"라며 투덜댔다. 엄마를 아파트 입구까지 배웅했다. 혼자 집으로 걸어가는 엄마의 뒷모습이 눈에 밟혔다.

다시 아파트로 올라가니 시어머니는 나와 엄마가 찍은 사진을 보여주며 "사진 잘 나왔더라."라고 말했다. 시누이는 "우리 사진 찾으러 갔다가 자기 있어서 가져왔지."라고 말했다. 사진 속 나는 엄마와 하늘 위로 하트 모양 자세를 취하고 있었다. 엄마도 나도 웃고 있었다. 하지만 나의 웃옷이 올라가서 옆구리로 속옷이 삐져나왔다. 사진 속 나는 어딘가 정돈되지 않아 보였다. 마음속의 어수선함이 그대로 비친 듯해 사진을 바로 가방에 넣었다.

시댁 식구들까지 합세해 집안은 잠시 북적였다. 다섯 시가 되니 아파트 내 불이 일괄로 꺼졌다. 난 널브러져 있는 청소 용구를 주섬주섬 가방에 담았다. 가방 속에 있는 엄마와 내가 찍은 사진 액자를 다시 꺼내 깨끗한 종이 가방으로 옮겨 담았다. 사진 속 엄마는 웃고 있었다. 지금도 엄마는 웃고 있을까.

집에 오자마자 짐을 내려놓고 사진을 들고 엄마 집으로 갔다. 엄마는 앉은뱅이 책상에 앉아 공책에 알파벳을 쓰고 있었다. 올해부터 엄마는 신설동에 있는 무료 중학교에 다닌다. 나를 보자마자 힘들 텐데 왜 왔냐고 물었다. '엄마, 괜찮아?'라고 말하고 싶었는데 말이 나오지 않았다.

"사진 주려고 왔지. 엄마가 나보다 더 잘 나왔더라." 하며 사진을 내밀었다. 엄마는 빙그레 웃으며 밥 먹고 갈 거냐고 물었다. 나는 남편도 부르겠다고 했다. 엄마는 냉동실에 얼려 둔 국과 나물들을 식탁 위에 꺼내 놓았다.

나는 양푼에 돌나물을 넣고 된장찌개와 고추장을 넣어 비볐다. 엄마는 "조 서방은 비비는 것 안 좋아할 수도 있으니 전화해서 물어 봐라."라고 말했다. 하지만 나는 데운 밥을 모두 양푼에 쏟아붓고 쓱쓱 비볐다. "엄마 집에 오면 엄마가 주인이야. 주인이 주는 대로 먹어야지. 조 서방 아무거나 잘 먹어, 신경 쓰지 마요."라고 말했다.

오늘 엄마는 평소와 다름없이 나를 대했다. 나는 마음이 복잡했다. 엄마를 불러 놓고 엄마네 새 아파트에서, 우리 집에서, 사진관에서도 불편하게 만들었다. 그렇게 해 놓고 엄마를 혼자 보냈다. 엄마를 챙긴다고 하면서 다시 외면했다가 다시 엄마를 찾고……. 이런 일상의 반복이었다. 엄마를 위한다는 말이 때로는 엄마를 지치게 하는 건 아닌지, 오늘은 그런 마음에 한참 머물렀다.

오늘 하루는 엄마의 집 하자를 찾으러 다닌 시간이었지만, 돌아보니 정작 드러난 것은 내 마음의 결핍이었다. 나는 엄마의 하자를 찾아 주려 했을까, 아니면 내 마음속의 하자를 외면하려 했을까? 나의 하자를 발견하는 순간은, 나라는 사람을 알게 되는 순간이었다.

행복을 주는 사람

엄마는 행복을 주는 사람이 되라고 했다.
나는 행복한 사람이 되고 싶었다.

"엄마 나는 행복한 사람이 되고 싶다고요."

'엄만 네가 있어서 행복한데
너는 행복하지 않니? "
그땐 그 말이 무슨 말인지 몰랐다.

이제는 그의 말이 솔바람으로 다가와
나를 안으며 다독인다.

내가 행복해야 행복을 전할 수 있다는 것을.
행복을 알아야 줄 수 있다는 것을.

책과 사람이 남긴
흔적을 따라가다

책은 나를 다른 시선으로 이끈다.

어떤 문장은 나를 멈춰 세운다. '이건 나의 이야기야' 하고 중얼거리다 보면, 책 속 인물의 마음이 어느새 내 안으로 들어와 있다. 보이지 않던 길이 보이고, 옳다고 믿었던 생각이 뒤흔들릴 때도 있다. 그 변화의 순간이 나는 좋다. 혼자 읽을 때 놓쳤던 문장이 다른 사람의 입을 통해 다시 살아날 때 마음의 폭이 넓어진다. 그래서 나는 혼자보다 함께 읽는 자리를 더 좋아한다.

어제는 한 달에 한 번 하는 줌 독서 모임이 있었다. 저녁 아홉 시, 화면 속에 얼굴들이 하나둘 나타났다. 어떤 이는 주방 식탁에 앉아 있었고, 어떤 이는 아이들 방을 피해 작은 방에서 이어폰을 꽂고 있었다. 피곤한 하루의 끝이었지만 화면 속 표정에는 반가움이 번졌다. 그 얼굴들을 보는 것만으로도 하루의 긴장이 조금 풀렸다. 올해 들어온 신규 회원까지 모두 일곱 명, 이번 책은 권여선 작가의 『각각의 계절』이었다.

나는 모임 전에 회원들이 미리 작성한 논제에 답을 달아보았다. 어떤 질문은 술술 풀렸지만, 어떤 질문은 답을 쓰다가 멈추기도 했다. 책을 읽는 일은 결국 내 안의 나를 읽는 일이라는 생각이 들었다.

독서 모임을 칠 년째 이어오고 있다. 사람들 앞에서 내 생각을 풀어내고 다른 이들의 의견을 이끌어내는 일은 여전히 쉽지 않다. 말이 앞설까 걱정되고, 내 의견이 누군가를 불편하게 할까 망설여질 때가 많다. 그날도 어김없이 그런 순간이 왔다.

나는 문득 이런 질문을 꺼냈다.

"여러분은 삶의 목표가 무엇이라고 생각하세요?"

질문이 화면 속에 흩어지자 얼굴들이 잠시 굳었다. 다들 입술을 달싹였지만 누구도 먼저 말을 꺼내지 않았다. 그 짧은 침묵이 유난히 길게 느껴졌다. 나 역시 대답을 준비하지 못했다. 나도 모르는 질문을 내놓은 셈이었다. 사람들 앞에서는 쉽게 질문을 던지면서도 정작 나에게 묻는 질문에는 서툴렀다. 남의 마음을 읽는 일에는 익숙했지만, 내 마음의 결은 여전히 흐릿했다. 어쩌면 책을 읽는 이유는 그 흐릿한 결을 조금씩 들여다보기 위해서인지도 모르겠다.

분위기를 다시 돌리기 위해 소설 속 장면으로 이야기를 옮겼다. 『각각의 계절』에 실린 단편 「하늘 높이 아름답게」에서 마리아는 자신의 선택으로 아이와 떨어져 살아야 했던 인물이다. 그 상실을 안고 한국에 돌아와 또 다른 아이들을 입양해 키우며 살아간다. 모임에서는 각자의 해석이 이어졌다. 미정님은 그녀의 삶을 죄책감에서 비롯된 희생이라고 말했다. 나는 다르게 보았다. 마리아는 잃어버린 품위를 다시 세우기 위해 애쓴 사람이라는 생각이 들었다. 누군가의 엄마로, 돌보는 사람으로, 성당의 파출부로 살아가며 자신의 삶을 고귀하게 지키려 했던 사람이라고 말했다.

말을 하고 나니 미정님의 표정이 잠시 굳는 것이 보였다. 그날 이후 미정님은 모임에서 보이지 않았다. 이유가 내 말 때문이었는지는 알 수 없다. 다만 그 장면이 오래 마음에 남는다. 독서 모임은 책 이야기만 하는 자리가 아니다. 모임을 시작해 끝날 때까지 내가 어떤 태도로 사람들을 맞이하고 이끌어야 하는지 돌아보게 된다. 그 과정을 지나며 내 말과 행동이 조금씩 바뀌어 감을 느낀다.

그렇게 우리는 또 다른 단편으로 이야기를 옮겼다. 이번에는 선택 이후에 남는 마음에 대한 이야기였다. 「무구」를 읽으며 대화가 이어졌다. 「무구」는 오래전 선택이 시간이 지나 다시 의미를 드러내는 이야기다.

소미는 고교 동창 현수를 만나 함께 땅을 사고, 그를 통해 삶의 기대를 품게 된다. 그러나 현수는 갑자기 사라지고, 시간이 흐른 뒤 그 땅의 값이 치솟았다. 나는 물었다. "소미가 현수를 찾아야 할까요?" 대부분은 "굳이 문제를 만들 필요는 없다."라고 했다. 나는 "그래도 찾아야 하지 않을까요?"라고 말했다. 마음이 남았다면 돈보다 사람이 더 중요하다고 생각해서였다.

그런데 모임이 끝나고 나니 소미의 망설임이 오래 남았다. 그녀가 그 땅을 바라보며 현수를 떠올렸던 마음이 이상하게 내 마음과 겹쳐졌다.

대학교 4학년 때 의정부의 한 고등학교에서 한 달간 교생 실습을 한 적이 있었다. 처음에는 나에게 마음을 열지 않던 아이들이었지만, 이름을 하나하나 외워 불러주자 아이들의 표정이 조금씩 달라졌다. 실습 마지막 날, 아이들은 6월에 있는 체육대회에 꼭 와달라고 부탁했다. 나는 이미 9급 공무원 임용이 확정된 상태였다. 교생 실습 때문에 공무원 임용을 미루고 온 터라 교생 실습을 마치면 5월에 첫 발령을 받고 직장 생활을 하게 될 것을 알고 있었다.

올 수 없다는 걸 알고 있었지만 아이들의 간절한 눈빛 앞에서 선뜻 거절하지 못했다. 나는 결국 팀장에게 말하지 못했다. 체육대회에 가지 못했다. 나중에 후배들로부터 아이들이 아쉬워했다는 말을 전해 들었다. 그 미안함은 세월이 지나도 나의 마음 한편에 남아 있다.

소미의 머뭇거림이 더 깊게 다가왔다. 머리로는 알면서도 마음으로 품기 어려운 감정이 있다는 걸, 모임을 끝낸 후에도 감정은 오래 머물렀다.

책을 읽으며 나는 예전과 달라진 나를 본다. 예전의 나는 남들이 옳다고 말하는 대로 따라갔다. 하지만 지금은 눈에 보이는 의미보다 그 안에 숨어 있는 마음의 결을 읽고 싶다. 마리아의 삶도, 소미의 선택도 그런 마음으로 다시 본다. 실수를 감추기보다 그 안에서 다시 품위를 세워가는 삶, 그것이 성장이라는 걸 책을 통해 배운다.

우리는 각자의 방식으로 책을 읽지만, 결국 같은 길 위에서 서로의 마음을 비춰본다. 책을 덮고 나면 마음이 조용해진다. 혼자 읽을 때보다 함께 읽었을 때 그 울림은 더 오래간다. 누군가는 내가 지나친 장면을 붙잡고, 또 누군가는 내가 찾지 못한 문장을 붙잡는다. 그 차이가 나를 바꾼다.

우리는 서로의 거울이 되어 읽는 일과 사는 일이 다르지 않다는 것을 배워간다. 생각이 달라지면 나도 달라진다. 그래서 나는 오늘도 책을 펼친다. 책을 통해, 그리고 사람을 통해, 내가 조금 더 나은 내가 되기를 바라면서.

말 한마디가
관계를 달라지게 했다

1980년 여름, 내 나이 아홉 살 때다. 부모님은 서울에 마당 있는 집을 샀다. 집은 컸지만, 처음부터 우리 가족의 공간은 아니었다. 마당에는 꽃밭도 있고 대추나무와 사철나무도 있었다. 엄마는 마을 금고에서 대출받아 계약금을 내던 날, 이 집 대문 앞에 서서 가슴이 벅찼다고 했다.

아버지는 손수레로 이사했다. 우리 이삿짐은 안방이 아니라 부엌 달린 단칸방으로 옮겨졌다. 엄마는 우리가 주인이라고 했지만 여전히 주인 할머니는 안방을 차지하고 있었다. 나는 봉당 위에 앉아 나를 바라보는 할머니도 무서웠고, 나를 볼 때마다 짖어대는 '깡순이'라는 강아지도 무서웠다. 다시 이사 가자고 울어도 엄마는 우리 집이라는 말만 했다. 엄마는 이사 온 지 얼마 되지 않아 동생과 나를 두고 파출부 일을 다녔다. 2년이 지나 할머니가 깡순이를 데리고 떠났다. 우리가 안방으로 들어가는 날, 진짜 우리 집이 되었다.

그 집에서 십여 년을 살았고, 이후 보수와 침수를 거치면서 결국 재개발 지역이 되었다. 재개발 찬성과 반대 의견으로 한참 동네가 시끄럽더니 결국 이주와 철거가 진행되었다. 부모님은 세입자가 되었고, 아버지는 새 아파트에 살아보지 못하고 돌아가셨다. 그 자리에 새 아파트가 지어졌다. 올해 7월이 입주다. 엄마에게 입주할 아파트와 세를 놓을 아파트, 이렇게 두 채가 생겼다.

엄마는 부동산 중개업소에서 세입자 조건이 좋다는 전화를 받았다. 부동산 업자가 가계약금을 보내며 서두른다고 하더니, 사기당할까 불안하다고 했다. 나에게 전화해서 묻는데, 벌써 가계약금 오백만 원이 통장으로 들어왔다고 했다. 중개인을 바꿔 달라고 해서 따졌다. "도대체 어느 부동산이에요? 거긴 내놓지도 않았는데 왜 중개를 하는 거죠?" 중개인은 그렇게도 한다는 말만 계속하고 아무 문제 없다는 말만 했다. 저녁에 가겠다고 말하고 전화를 끊었다. 어디에 있는지도 모르는 부동산에서 급하게 일을 처리하니 짜증이 났다.

부동산 중개소는 외대앞역 2번 출구 앞에 있었다. 문을 열고 들어가니 사십 대 초반의 여성이 나를 바라보았다. "오늘 가계약한 노미자 씨 건으로 왔습니다."라고 말했다. 내 말에 그제야 일어나며 들어오라고 했다. 그녀는 자신을 실장이라고 소개하며 반갑게 인사를 건넸다. "투자를 정말 잘하셨어요."라며 말문을 트더니 세입자가 혼자 사는 여성으로 집을 깨끗하게 사용할 사람이라고 설명했다. 좋은 세입자를 잘 구한 경우라고 덧붙였다. 사용 승인이 나자마자 바로 입주할 예정이라 월세 수입도 빠르게 들어올 수 있다고 했다.

계약서에는 애완견 금지, 타공 금지 등 새집이기에 들어가야 할 조건들을 넣었다고 했다. 계약서를 텔레비전 화면에 띄워 가며 조목조목 설명해주었다. 설명은 친절했고 조건도 나쁘지 않아 보였다. 낮에 화를 냈던 게 미안해졌다. 계약 일정을 조율한 뒤 엄마 집으로 향했다.

엄마는 살던 집이 철거되고 두 번의 이사를 했다. 지금은 우리 집 근처 아파트에 산다. 당시 아파트 전세 매물이 많지 않았다. 선택할 물건도 없었고, 가격을 깎을 수도 없었다. 계약을 하러 갔을 때 집주인이 아니라 집주인의 어머니가 왔다. 그녀는 보증금을 더 받아야 한다며 부동산 중개 사장과 한참 실랑이를 하고 있었다. 집주인의 어머니는 계약서를 쓰는 내내 보증금을 더 올려야 한다는 말을 되풀이했다.

전세금이 결정된 상태였지만 집주인이 계약을 하지 않겠다고 할까 봐 계약서를 다 쓸 때까지 조마조마했다. 계약을 마치고 그 집을 보러 갔다. 살고 있던 세입자는 우리가 전세 계약을 했다는 말을 듣고 환하게 웃었다.

2년 전 그렇게 들어간 집을 이제는 엄마가 제때 나올 수 있을까를 걱정해야 했다. 엄마는 새 아파트로 이사를 가려면 현재 사는 집을 계약할 세입자가 있어야 했다. 엄마가 세 들어 사는 집도 세입자를 구해 달라고 부동산 업자에게 말했다고 했다. 2월에 내놓은 집이 5월이 되도록 보러 오는 사람이 드물었다. 엄마는 조바심이 났던 모양이었다. "엄마, 이 집주인은 대림 부동산 아저씨하고만 거래해요." 문득 나도 모르게 아까 낮에 있었던 일이 떠올랐다. 내놓지도 않은 부동산에서 전화가 왔을 때 당황했다. "엄마, 다른 곳에 내놓으려면 집주인에게 미리 말을 해야 해요." 엄마는 그제야 "그러냐?"며 나에게 집주인 번호를 눌러 핸드폰을 건넸다. 통화하기 싫었다. 하지만 엄마의 막무가내에 결국 전화기를 받아 귀에 댔다. 마침 물어볼 것도 있었다.

작년 재계약 때 엄마는 전세금을 제때 돌려받지 못할 경우를 대비해 보험을 들었다. 얼마 전 보험회사로부터 계약을 갱신하지 않을 거면 내용증명을 보내거나 녹음 파일을 남겨두라는 문자를 받았다. 집주인 기분이 나쁠까 싶어 내용증명을 보낼까 말까 고민하던 참이었다.

집주인은 사십 대 여성이고 대학교수라고 들었다. 난 집이 안 나가는데 다른 부동산에 내놔도 되냐고 물었다. 단번에 거절했다. "그리고 저……. 내용증명을 보내고 싶은데요."라며 내가 내용증명을 보내야 하는 이유에 대하여 설명했다. 집주인은 재계약하지 않는다는 걸 알고 있는데 내용증명까지 보낼 필요가 있냐며 되물었다. "그럼 저희는 계약 만료일 전에 선생님이 세입자를 구하지 못해도 전세금을 돌려받을 수 있는 건가요?"라고 더듬더듬 물었다. "애를 쓰고 있지만 상황은 그때 가봐야 알 수 있는 거지요. 어떻게 단정할 수 있어요?" 집주인의 말에 가슴이 답답했다. 알았다고 짧게 말하고 전화를 끊었다.

집주인의 입장이 되어 보고 세입자의 입장도 되어 보았다. 그날을 지나며 나는 집보다 말이 먼저 떠올랐다. 결국 집이라는 건 벽과 지붕뿐 아니라 그 안에서 살아가는 사람들의 말 한마디, 태도 하나로 완성되는 것이 아닐까. 말투 하나, 대응 하나에 사람 마음이 갈피를 잡기도 하고 무너지기도 한다. 그날 나는 집보다 사람을, 계약보다 말을 먼저 떠올리게 되었다.

나조차 따뜻한 말 한마디 하지 못했으면서 남에게는 따뜻한 말을 기대하며 서운해하기도 했다. 낮에 부동산 업자에게 화를 냈고, 엄마 집주인 앞에서는 스스로 작아지는 느낌이 들었다. 하지만 담담하게 말하며 내 의사를 전달했던 순간이 오히려 마음에 위안이 되었다. 그 과정에서 나는 조금은 성장한 것 같았다. 화를 내면서도 배운다. 화를 참으면서도 배운다. 중요한 건 배우려는 자세였다.

장갑 한 짝

썰렁한 정류장 난간
가죽 장갑 한 짝
허옇게 해졌다.
장갑은 오랫동안 주인을 따라다녔는데
누군가의 손에 맡겨져 난간에 걸리는 신세가 되었다.
그도 또 다른 장갑의 주인이었으리라.

나도 장갑을 잃어 본 경험이 있다.
벗어서 주머니에 넣다가 한쪽을 빠뜨린 때도 있고
지갑을 연다고 잠깐 장갑을 벗었다가 오는 버스에
그냥 올라 타버린 경우도 있다.

여러 가지 이유로 장갑 한쪽을 잃어버리고 나면
남은 한쪽도 쓸모가 없어진다.
아무리 비싸도
아무리 소중해도
아무리 따뜻해도

한쪽만 끼고 다닐 수도 없고
짝짝이로 끼고 다닐 수도 없기에

누군가 그 마음을 아는 사람이

꼭 찾아가라고 정류장 잘 보이는 난간에

얌전히 장갑 한 짝을 올려놓았다.

사람 사이에서
다시 살아나는 글쓰기

자이언트 북컨설팅은 이은대 작가가 운영하는 글쓰기 온라인 수업이다. 2024년 6월에 가입했다. 그 뒤 몇 달 동안 나는 글쓰기를 배우며 사람들 속으로 조금씩 들어갔다. 2024년 10월, 저자 사인회 뒤풀이 자리에서 나는 노래를 불렀다. 덜덜 떨면서도 손을 들고 '10월의 어느 멋진 날에'를 불렀다. 어떻게 그런 용기가 났는지 모르겠다. 그 후 잠실 교보에서 열리는 자이언트 북컨설팅 저자 사인회는 빠지지 않고 가려 한다.

날은 흐렸고, 비가 간간이 왔다. 날이 좋지 않았지만 가족을 집에 두고 혼자 나오려니 뒤통수가 뜨거웠다. 하지만 내가 에너지를 받고 와야 가족과도 즐거울 수 있다고 생각한다.

사인회에 나온 작가의 책을 계산하고 줄에 섰다. 내 뒤에 20대 젊은 여성이 섰다. 자이언트 작가냐고 물었다. 아니라고 말했다. 책 제목이 너무 좋아서 서점에 온 김에 한 권 샀단다. 마침 사인회가 있어서 사인 받으러 왔다고 했다. 나는 그제야 손에 들고 있는 책으로 눈길을 돌렸다. 제목은 '인생이 막막할 때 책을 만났다'였고, 책 표지는 어두운 터널 멀리 밝은 곳이 보이는 사진이었다.

그 순간 나는 이 사인회가 책에 사인을 받는 자리가 아니라 각자의 자리에서 글을 붙들고 있는 사람들이 만나는 공간이라는 걸 느꼈다.

사인회를 마치고 뒤풀이 장소로 갔다. 분위기를 잘 이끌던 선영 작가가 그 날은 안 왔다. 우리는 각자 방식으로 자리를 채웠다. 나는 분위기를 띄워 보려고 노래를 부르고 춤을 춰도 흥을 끌어올리기에 역부족이었다.

우리 테이블에 있는 희란 작가와 승호 작가가 맛깔나게 농담을 주고받았다. 웃음을 자아내는 장기가 돋보였다. "오늘 안 오셨으면 어쩔 뻔했어요. 유머가 부럽습니다."라고 말했다. 승호 작가는 "아무리 말을 많이 하고 분위기를 띄워도 허탕이에요."라고 했다. "소개팅 가서 분위기를 띄우면 다들 좋아했다가도 나중에 선택받는 사람은 잘생기고 아무 말 없이 조용히 있던 사람이더라고요.”라고 말해서 다들 웃었다.

그러면서 “9월에 제 책이 나오는데 냄비받침으로 적당해요.”라고 했다. 나는 그 말을 곧이곧대로 받아들였다 ‘9월에 잠실 교보에서 저자 사인회가 예정되어 있구나.’라고 생각했다. 그런데 냄비받침 얘기는 왜 하는지 몰랐다. 사인회 때 답례품이 냄비받침이라고 생각했다.

고개를 끄덕이고 있을 때 옆에 있던 작가가 “작가님 책을 냄비받침으로 사용하기에 딱 좋다는 말이지요?”라고 말했다. 그 말에 나는 빵 터졌다. 미진 작가가 한술 더 떴다. “그런 뜻이었어요? 전 9월에 재채기(제 책이)를 왜 하시는지 몰라서 의아해했어요.” 주변에 있던 작가들이 깔깔거리며 웃었다. 뒤풀이 진행자가 무대 앞에서 무슨 말을 하는지, 누가 노래를 부르는지 들리지 않았다. 그저 나는 배를 잡고 웃었고, 눈가에는 어느새 눈물이 맺혔다.

내 옆에 강 작가가 자기 얘기도 들어보라고 했다. 교실에 다른 반 선생님이 오셔서 “정숙이 어머님이 오셨어요.”라고 알려주었단다. 강 작가의 어머니 이름이 ‘이정숙’이라고 했다. “엄마가 학교에 왜 오셨을까요?”라고 물었다. 그 선생님이 당황하며 “아니요, 코웨이 정수기 아주머니가 오셨다고요”라고 했단다. 그 얘기를 듣는 순간 “으하하.” 주변 작가님들이 배를 쥐고 웃었다. 이후로도 이야기는 계속 꼬리를 물고 터져 나왔다. 모두가 함께 만든 웃음바다는 그 자리에 있던 사람들에게만 허락된 특별한 선물이었다.

직장에서 책 쓰는 작가 모임에 간다고 하면 노트북을 펼치고 키보드를 두드리는 얌전한 모임인 줄 안다. 하지만 내가 아는 자이언트 북컨설팅 저자 사인회 뒤풀이는 마음 편하게 말하고 마음껏 먹고 신나게 노는 자리다. 이런 자리가 더 좋은 글을 쓰기 위한 에너지 창고라고 여긴다. 작가는 혼자 고민하고 혼자 책을 쓴다. 그렇기 때문에 더욱 소통할 공간이 필요하다. 같은 길을 걷는 사람들이 들려주는 위안의 말 한마디에 다시 힘을 내어 글을 쓰기도 하고, 그들이 주는 웃음에 에너지를 받아 또 글을 쓴다.

독자에게 도움을 주는 글을 쓰기 위해서는 작가의 삶이 즐거워야 한다. 즐거운 작가 생활을 하기 위해서는 같은 길을 걷는 사람들끼리의 공동체가 필요한 이유이기도 하다.

잠실 교보 저자 사인회에 오면 책을 여러 권 출간한 작가도 만나고, 글을 쓰기 시작한 작가도 만난다. 글쓰기가 아직 손에 잡히지 않아 헤매는 초보 작가도 만난다. 모두가 글쓰기의 다른 지점에서 자기 이야기를 만들고 있었다. 그들을 보며 나는 지금 내가 어디쯤 서 있는지 가늠해 본다.

조금 늦다고 느껴질 때는 더 분발해야겠다고 다짐하고, 초고라도 쓰고 있을 때는 앞서가는 사람들에게 다음 단계를 묻고 싶어진다.

이런 자리에 다녀오면 나는 다시 기운을 얻는다. 같은 길을 걷는 사람들이 만들어낸 온기 덕분에 다시 글 앞으로 돌아올 힘이 생긴다.

글을 쓰지 않았다면 오늘 다녀온 저자 사인회는 그저 '재미있었다.'라는 말로 끝났을 것이다. 하지만 글을 쓰기 시작하면서부터 나는 삶에서 일어나는 일들에 의미를 붙이게 되었다. 글쓰기는 나를 더 살아 있게 만드는 일이자 내 삶의 의미를 찾는 과정이다.

거창한 변화는 아닐지라도, 나는 감정으로 흘려보내는 순간들을 글로 붙잡고 나 자신을 더 깊이 이해하려 노력한다. 나는 글을 쓰면서 에너지를 얻는다.

선택은
어떤 마음을 드러낼까

"나는 어떤 사람일까, 어떤 존재일까?" 스스로에게 물었다. 답이 선뜻 떠오르지 않았다. 내가 뭘 좋아하고, 어떤 것에 관심 있는지 떠올리려 했다. 머릿속은 텅 비어 있었다. 그저 눈만 껌벅이며 생각을 접었다. 그러다 문득 예전에 갔던 북토크가 떠올랐다. 그곳에서 현미 작가는 "나는 이렇게 차 마시는 걸 좋아해요, 나는 이렇게 김밥 먹는 것도 좋아해요"라고 말했다. 그 말은 아주 사소한 취향 이야기였지만, 그날은 이상하게 오래 남았다. 그 말의 주어는 '나'였다. 자신이 무엇을 좋아하는지 잘 아는 사람은 자신감 있게 삶을 선택한다.

일요일 아침 늦잠을 자고 일어났다. 냉동실에서 소고기를 꺼내고 미역을 불렸다. 밥솥에 쌀을 씻어 안쳤다. 지난주에 사두었던 묵과 상추가 그대로 있다. 오늘 뭔가 해놓지 않으면 이번 주 내내 그대로 있을 것 같았다. 상추와 양파를 썰어서 양푼에 담았다. 묵을 데치기 위해 냄비에 물을 담아 가스레인지 위에 올렸다. 부엌일을 부지런히 해 놓고 나서 거실 책상에 앉았다.

오늘은 김형준 작가의 북토크가 천안 북하우스에서 있는 날이다. 이 자리는 누가 시켜서 가는 일정이 아니라, 내가 스스로 골라낸 하루였다. 한 달 전 코레일 앱으로 예매해 두었다. 얼마전 오정희 작가 북토크에 참여했을 때 진행을 맡았던 현미 작가와 미희 작가의 호흡이 인상 깊었다.

오늘 북토크를 하는 작가에게 꽃다발 선물을 하고 싶었다. 서울에서 가져가기 번거로워 며칠 전 미희 작가에게 부탁했다. 미희 작가는 기꺼이 준비해 주겠다고 했다. 미희 작가는 천안에 일찍 오면 같이 밥을 먹자고 했다. 가족 일정 때문에 어렵다고 말했었다. 오늘 코레일 앱을 열어 기차 시간표를 보니 도착 시간을 조금 앞당길 수 있을 듯했다. 도착 시각을 1시 5분에서 12시 40분으로 변경하고 서둘러 미희 작가와 현미 작가에게 연락했다. 그때쯤 압력밥솥에서는 '칙칙' 김이 나기 시작했다. 주방은 다시 분주해졌다. 소고기는 손가락으로 눌러질 만큼 녹았고, 불어난 미역이 양푼을 가득 채웠다. 끓는 물에 묵을 넣었고, 국솥에 미역을 넣고 가스레인지에 얹었다.

그제야 남편이 깨어나 묻는다. "일요일 아침부터 왜 이렇게 바빠?"

"나 천안 북토크 가야 하니까, 점심은 알아서 챙겨 먹어요."

남편은 "어제도 나가더니 또 나가?"라고 말했다. 나는 국도 끓여 놓았고 반찬도 있으니 꺼내서 먹기만 하면 된다고 했다.

천안역에 도착하자 미희 작가가 꽃다발을 들고 기다리고 있었다. 빨갛고 노란 작은 장미꽃이 안개꽃 사이사이에 옹기종기 모여 있었다. "작가님, 부탁하신 꽃다발이에요. 너무 예쁘죠? 이건 작가님 것, 다른 사람 건 없어요." 하며 은박지 보냉팩에 담긴 작은 선물을 건넸다. 손에 든 게 많아 분주한 와중에도 나에게 선물을 건네는 미희 작가를 보며 고마움과 미안함에 '어머, 세상에'라는 말밖에 나오지 않았다.

천안아산역을 빠져나가 주차장으로 내려가니 현미 작가 차가 도로변에 주차돼 있었다. 두 사람이 마중 나왔다. 고마웠다. 나는 북토크 손님으로 왔는데, 두 사람 덕분에 주인공이 된 기분이었다.

북토크 장소는 천안에 있는 북하우스 책방이다. 책방 안에는 모임을 할 수 있는 작은 방들도 있고, 마당에는 아기자기한 테이블과 의자들이 있었다. 정돈되지 않은 듯하지만, 사진으로 담으면 자연스럽게 북토크 분위기가 살아났다.

시원한 바람을 맞으며 우리는 김밥을 나눠 먹었다. "아, 좋다." 감탄사가 절로 나왔다. 현미 작가는 "여기 와서 작가들이 자기 얘기하면 그 얘기를 듣는 작가님들도 좋아하더라고요. 그래서 전 일을 계속 만들어요. 하하하."라고 말했다.

미희 작가는 "자이언트 들어오기 전에 고달프고 힘들어서 글을 써야겠다고 생각했는데, 이제는 힘들어도 내가 해결하는 방법을 알게 되니 글 쓸 소재가 없어진 것 같아요. 하하하."라며 웃었다.

작가의 인사말로 시작한 북토크가 끝나자, 얼굴이 동글동글한 여성이 작가에게 질문을 했다. "아는 사람 중에 책에서 배우는 것보다 사람에게 배우는 것이 더 많다며 책보다는 사람을 만나야 한다고 말하는 사람이 있는데, 그런 사람들에게는 무슨 말을 해줘야 할까요?"라고 물었다. 김형준 작가는 본인이 느끼지 못하면 아무리 좋은 조언이라도 소용이 없다고 했다. 나와 생각이 다른 사람들을 미워할 필요도, 나의 생각대로 끌고 오려고 할 필요도 없다고 했다. 그러면서 나와 같은 생각을 가진 사람들을 찾아가려고 노력하는 것이 더 나은 방법이라고 했다. 억지로 누군가를 바꾸기보다는 내 마음이 닿는 사람들과 함께하라고 조언했다. 같은 생각을 가진 사람을 찾아가라는 말이 오늘 하루를 천천히 적셨다.

오늘 나는 누가 오라고 한 것도 아닌데 자발적으로 이 자리에 왔다. 가족과 한가롭게 외식을 즐길 수도 있었지만, 나는 이곳을 택했다. 돌아가는 기차 안에서 창밖으로 스치는 풍경과 함께 오늘 나에게 일어난 일들이 지나갔다. 내가 선택한 하루라서 만족스러웠다.

집에 돌아오니 저녁 7시였다. 남편과 아들은 아직 저녁을 먹지 않았다. 냉장고 안에는 먹다 남은 짜장 소스와 갈치조림이 그대로 있었다. 예전 같았으면 있는 반찬도 못 꺼내 먹느냐고 한소리를 했을 것이다. 하지만 오늘은 조용히 상을 차리고 그들이 밥 먹는 모습을 바라보았다. 아들 군대 가면 같이 앉아 밥 먹을 시간도 없다. 나를 기다리고 있었을지도 모른다는 생각이 들었다. 갈치 양념에 밥을 쓱쓱 비벼 먹었다. 갈치 양념의 단내가 오늘따라 입맛을 당겼다.

누군가는 이벤트를 만들고, 누군가는 그 자리에 참여한다. 주최하든 참여하든 자신이 선택해서 즐기는 사람은 결국 행복한 사람이다. 현미 작가도, 미희 작가도, 형준 작가도 그렇게 모였다. 북토크는 그저 웃음꽃이 만발한 유쾌한 자리는 아니었다. 그럼에도 모인 사람들은 이 시간을 소중하게 여긴다.

돌아오는 기차 안 그리고 집에서 차려낸 밥상 앞에서 나는 오늘 하루의 모든 선택이 '나'로부터 비롯되었음을 느꼈다. 북토크에 자발적으로 참여했고, 가족의 저녁을 챙겼다. 어쩌면 '나는 어떤 사람일까?'에 대한 답은 거창한 무언가가 아닐지도 모른다. 내 마음이 닿는 곳에 머물고, 스스로 선택한 순간들이 나를 드러낸다. 그 선택을 인정하는 하루가 나를 가장 나답게 만든다.

골목길

저 멀리 길이 보인다.

막힌 길인지 뚫린 길인지 가서 보지 않고는 알 수 없다.

그런데

그런데

잘 살펴보면 갈 수도 있는 길이라는 실마리를 찾을 수 있다.

실마리는 반사경과 불빛이다.

인생도 이렇다.

가보지 않으면 알 수 없다.

그런데

그런데

실수하고 실패하면 갈 수 있는 길이라는 힌트를 찾을 수 있다.

힌트는 도전과 시작이다.

◇ 6

마음이 달라지자
세상이 다르게 보였다

남동생이 집들이를 한다며 엄마와 오빠네, 우리 식구를 초대했다. 새 아파트로 이사했다는 소식에 오빠의 아내인 새언니는 파주 벽초지수목원도 들렀다 가자고 했다. 몇 번의 카카오톡 끝에 오전에 수목원을 둘러보고 점심을 먹은 뒤 새집을 보러 가기로 했다.

6년 전 우리가 새 아파트로 이사했을 때 동생의 아내인 작은 올케가 "나도 이런 집에 살고 싶다"라고 말했다.

아침에 눈을 뜨니 비가 왔다. 동생은 "10시까지만 비가 오고 그칠 거야, 우산 챙겨 와."라며 카카오톡을 보냈다. 글 속에서도 동생의 들뜬 기분이 전해졌다. 화장지와 우산 셋, 아침에 내린 커피를 챙겨 출발했다. 빗줄기는 굵지 않았지만 하늘빛이 잿빛이라 쉽게 그칠 것 같지 않았다.

수목원에 도착하니 동생네와 오빠네, 엄마가 먼저 와 있었다. 매표소를 지나자 젖은 꽃들이 흐물흐물 고개를 떨구고 있었다. 새언니는 "날만 좋으면 훨씬 예쁜데."라며 아쉬워했지만 나는 "새언니 아니었으면 이런 곳이 있는 줄도 몰랐을 거예요."라고 말했다. 비는 오락가락했고 외국인 관광객들은 우비를 입고 호수 주변을 돌고 있었다. 날씨는 흐렸지만 공간은 싱그러웠다.

엄마는 꽃보다 손자, 손녀들에 더 관심이 있었다. 아이들을 붙들고 사진을 찍자고 했다. 비가 조금씩 내리는데도 우산을 접은 채 아이들과 팔짱을 끼고 환하게 웃었다. 그 순간만큼은 아이들보다 엄마가 더 아이 같았다. 그 표정을 사진에 담았다.

점심시간이 되어 예약한 샤브샤브 뷔페로 향했다. 대기 줄이 길었다. 창문 너머로 사람들은 한껏 펼쳐진 야채와 고기를 가져오며 분주했다. 나도 마음속으로 '자리에 앉으면 부지런히 가져와야겠다.' 하고 생각했다.

12명이 자리에 앉자 직원이 육수를 올렸다. 작은 올케가 "차린 건 없지만 많이 드세요"라며 고기 있는 곳을 가리켰다. 엄마, 나, 남편, 동생, 오빠가 같은 테이블에 앉았다. 동생은 고기를 담당하고 남편은 채소를 챙기며 자연스럽게 움직였다. 테이블은 금세 채워졌다.

젓가락질이 느려질 즈음 나는 커피에 아이스크림을 올려 엄마에게 건넸다. 엄마는 "다 식잖아, 그게 뭐가 맛있어."라며 밀어냈다. 나는 그래도 먹어보라고 다시 엄마 옆으로 밀었다. 한 숟가락 떠먹더니 "참 희한하게 맛있네."라며 웃었다. 나는 "카페 가서 고민하지 말고 비엔나커피 시켜. 커피믹스 맛이랑 비슷해."라고 말했다. 엄마가 고개를 끄덕였다.

식당을 나와 각자 차를 타고 동생네 집으로 이동했다. 예전에 살던 낡은 아파트 단지 사이로 새 아파트들이 줄지어 서 있었다. 운정 신도시는 아파트 숲이었다. 계속 달려도 아파트뿐이라 낯설었다.

지하주차장에 차를 세우고 승강기를 타고 13층으로 올라갔다. 집 안은 깔끔했다. 올케는 냉장고장을 새로 맞추고 냉장고와 김치냉장고를 빌트인으로 바꿨다고 했다. 스타일러, 건조기, 식기세척기, 모든 것이 새로웠다. 정리가 잘 된 주방과 넓어진 드레스룸, 팬트리까지 공간 하나하나에 올케의 손길이 묻어 있었다.

동생은 사고 싶은 건 다 샀다며 웃었다. 하지만 집을 꾸미며 아내와 의견이 맞지 않아 많이 다투었다고 했다. 그 말과는 달리 집은 서로의 취향이 잘 섞여 있었다. 빚이 있다고 말하면서도 얼굴에는 기쁨이 묻어났다.

집으로 돌아왔다. 동생네 집보다 우리 집은 좁고 수납도 부족하다. 물건들은 여기저기 흩어져 있고, 싱크대 위엔 늘 프라이팬과 찜기와 고무장갑이 올라와 있다. 누가 보면 정리가 안 된 집이지만 나는 현관에 들어서는 순간 이상하게 안정감이 들었다. 눈에 보이는 모든 것이 익숙하고 편안했다.

저녁 시간이 되어도 배가 고프지 않았다. 하지만 남편과 아들은 "저녁 몇 시에 먹어?" 하고 물었다. "그렇게 먹었는데 또 먹어?" 남편은 "배가 고프지 않아도 시간 되면 먹어야지."라고 말했다. 나는 고개를 절레절레 흔들었다. "먹고 싶으면 각자 알아서 먹어요."

남편은 작은 시누이에게 전화를 걸었다. "누나, 밥 먹었어?" 수화기 너머에서 "아직 안 먹었어? 안 먹었으면 와. 몇 인분?" 하는 목소리가 들렸다.

시누이의 코믹한 말투에 나는 피식 웃음이 났다. 그 웃음에 마음이 조금 풀렸다. 그때 알게 되었다. 나는 남편과 아들을 귀찮은 존재로 여기고 있었다. 귀찮고 번거롭다는 이유로 이들을 마음의 서랍 속에 밀어 넣듯 대했다. 동생네의 깔끔한 주방이 부러워 마음속까지 정리하고 싶었는지도 모른다. 하지만 시누이의 한마디가 생각을 바꿨다. 서랍 속에 넣어두었던 이들을 다시 꺼내야겠다고 생각했다. 소중한 건 반듯한 집이 아니라 너저분해도 내 손에 익은 물건들과 이 공간에서 함께 살아가는 가족들이었다.

집도 밥상도 결국 마음이 머무는 자리였다. 새 아파트가 아무리 좋아도, 나는 내가 손끝으로 익힌 물건들과 익숙한 사람이 있는 우리 집이 편했다. 마음이 오가는 곳이 밥상이고 마음이 쉬어가는 곳이 집이었다.

그날 남편과 아들은 시누이가 해주는 밥을 먹으러 갔다. 그 대신 나는 집을 떠나 있던 나의 마음을 다시 데려왔다.

하루를 버티는 동안
쌓인 힘의 정체

일본 시인 다니카와 슌타로의 시에 그림이 더해진 『살아 있다는 건』을 읽었다. 짧은 문장과 평범한 그림으로 이루어진 그림책이다. 그 안에 담긴 일상적인 장면들이 하나하나 마음을 건드렸다.

책 속에는 아주 평범한 풍경이 그려져 있었다. 시장에서 장을 보는 사람들, 공원에서 뛰노는 아이들, 식탁 앞에서 밥을 먹는 가족들. 특별할 것 없는 장면들이었지만, 그 순간을 가만히 들여다보면 모두가 살아 있다는 증거였다. 특히 내 눈길을 사로잡은 건 수족관 앞 장면이었다. 한 아이가 물고기를 사 달라고 졸라대는 모습이었다. 그 모습이 낯설지 않았다.

우리 아들도 어릴 적 늘 마트에서 레고 장난감을 사 달라고 조르

곤 했다. "이번이 마지막이야!" 하면서 두 손 위에 얹어 주면 아들
은 세상을 다 얻은 눈망울로 나를 보며 고개를 끄덕였다. 마음 같아
선 마트에 있는 장난감 다 사주고 싶지만, 가격 앞에서 몇 번을 망
설였다. 지금 돌아보면 그 순간도 분명 살아 있음의 한 장면이었다.

그림책을 돌아가면서 읽고 난 후 회원들의 이야기를 들었다. 혜
정님은 최근 어르신들을 대상으로 그림책 수업을 했다고 전했다.
다양한 배경을 가진 분들과 이야기를 나누다 보니 기준을 어디에
맞춰야 할지 몰라 어려웠다고 했다. "아이들을 가르치는 게 오히
려 더 쉬워요."라며 웃었다. 나는 "어르신들은 책의 내용이나 그림
에는 별로 관심 없고 자신들이 살아온 이야기가 더 하고 싶을 거예
요."라고 말했다. 혜정님은 고개를 끄덕이며 "맞아요. 그림책의 한
장면을 보고 꺼내는 이야기가 끝이 없더라고요."라고 덧붙였다.

책 이야기가 자연스럽게 삶으로 옮겨 갔다. 나는 회원들에게 살
아 있다는 것이 무엇인지 물었다. 지영님은 "살아 있다는 건 순간이
에요."라고 말했다. 얼마 전 지인과 와인을 마셨다. 마음이 맞는 사
람과 수다를 떨며 마시다 보니 얼마나 마셨는지도, 얼마나 시간이
흘렀는지도 몰랐다고 했다. "살아 있으니 이런 순간도 맞이할 수 있
는 거죠."라고 말했다. 그녀의 말은 소소하지만 묵직했다.

혜정님은 "살아 있다는 건 함께하는 것 같아요. 혼자서는 못 사니

까 같이 살아가려고 노력하는 게 삶이 아닐까요?"라고 말했다. 나는 잠시 고민하다가 "저는 살아 있다는 건 일상 같아요. 특별할 것도 없이 밥 먹고, 시장가고, 놀이터에서 아이들 보는 그런 모습이 살아 있는 것 아닐까요?" 하고 대답했다. 서로 다른 답이었지만 그 안에는 모두 각자의 삶이 녹아 있었다.

그림책 속 장면들이 겹치면서 마음이 차분해졌다. 살아 있다는 건 거창한 게 아니다. 그저 반복되는 하루 속에서 순간순간 배우고, 관계 속에서 부딪히고, 작은 행복을 느끼는 게 아닐까?

출근길 아침, 엄마에게서 전화가 왔다. 집주인이 계좌번호를 알려 달라고 했는데, 엄마는 핸드폰으로 계좌번호를 보내는 게 무섭다고 했다. '아, 이제 내가 엄마를 더 챙겨야겠구나.' 하는 생각이 들었다.

어릴 적에는 모든 걸 엄마가 챙겨주었다. 밤늦은 시간 독서실에 있다가 집으로 돌아가면 책상 위에는 초코파이 하나가 놓여 있었다. 그런데 이제는 내가 엄마의 불안을 덜어 드려야 하는 입장이 되었다. 세월이 흐르면서 돌봄의 방향이 서서히 바뀌고 있다는 걸 실감했다.

엄마는 은행 앱 여는 것도 어려워했고, 문자 하나 보내는 일도 조심스러워했다. 예전에는 척척 해결해 주던 엄마였는데, 이제는 작은 일에도 불안해한다. 그런 엄마를 보며 다시 생각했다. 살아 있다는 건 누군가를 돌보고, 또 누군가에게 돌봄을 받는 과정의 연속 아닐까?

점심 무렵, 캐나다에 있는 딸에게서 전화가 왔다. 유치원에서 18개월 된 남자아이를 맡고 있는데 너무 통제가 어렵다고 했다. 다른 아이들을 때리고 머리카락을 잡아당겨서 자신이 곁에서 지켜봐야 한다고 했다. "엄마, 나 진짜 힘들어 죽겠어. 그 아이가 안 왔으면 좋겠어."라고 했다.

나는 "유치원이 아이들에게 올바른 습관을 가르쳐주는 곳 아니야?"라고 물었다. 딸은 "그런 아이들은 가정교육부터 잘못된 것 같아."라며 씩씩거렸다. 딸의 말에는 하루의 피로가 그대로 묻어 있었다. 다른 선생님들은 어떠냐고 물었다. "엄마, 그게 신기해. 지미 선생님은 불평하지 않아."라고 했다. 그 말에 나는 "어디서든 힘든 아이는 있어. 그걸 감당할 수 없다면 네 일과 맞지 않을 수도 있지."라고 말했다. 딸은 토라졌다. "엄마, 또 시작했네. 전화 끊을래." 딸은 전화를 툭 끊어버렸다.

순간 가슴이 철렁 내려앉았다. 나는 딸에게 위로를 건네고 싶었는데, 왜 자꾸만 충고를 하고 싶을까?

퇴근길, 딸 생각이 머릿속을 떠나지 않았다. 정류장에서 내려 신호등을 건너면서 딸에게 문자를 보냈다.

'예원아, 그 아이의 행동을 글로 기록해보는 건 어때? 나중에 읽으면 재미있을 거야. 널 고생시킨 아이가 어떻게 변해갈지 지켜보는 것도 의미 있지 않겠니?' 잠시 후, 딸에게서 답장이 왔다.

'오, 좋다. 오케이. 오후에도 힘내서 아이들을 예뻐해 주려고 커피를 마셨어.' 그리고 사진 한 장이 도착했다. 눈이 동그랗게 큰 아이가 물감으로 손을 엉망으로 적신 채 나를 빤히 바라보고 있었다. '이 귀여운 아이가 그렇게 말썽꾸러기라고?' 웃음이 났다. 나는 사진 아래에 '아가야, 우리 딸 좀 봐 주라'라고 문자를 보냈다. 답장은 오지 않았지만 마음이 한결 가벼워졌다.

살아 있다는 건 무엇일까? 그림책 속의 평범한 풍경, 엄마의 전화, 딸과의 대화. 모두 특별한 건 없지만, 그 안에서 나는 배우고 흔들렸다.

살아 있음은 완벽하지 않다. 힘들고, 오해하고, 다투는 모든 순간이 바로 삶의 증거였다. 그림책 모임에서 함께 웃고, 엄마와 통화하며 세월의 무게를 느끼고, 딸과 부딪히면서도 다시 화해의 끈을 잡았다.

살아 있다는 건 거창한 성공이나 눈부신 사건이 아니다. 그저 오늘 하루를 버티고, 누군가에게 말을 걸고, 다시 내일을 준비하는 일. 흔들리고 넘어지더라도, 그 안에서 배우고 깨닫는 시간. 그것이 야말로 살아 있다는 것 아닐까.

글쓰기로 이어진
나의 마지막 장

근로자의 날이다. 나는 출근을 했지만 남편은 쉬는 날이었다. 대학생인 아들도 수업이 없다고 했다. 점심시간에 강 팀장 장바구니에서 배홍동 비빔면이 보였다. 나도 오늘은 비빔면을 사 가지고 가서 저녁을 때울까 생각했다. 퇴근 시간에 전화했더니 남편은 반찬가게에서 반찬을 사 왔다고 했다. "그냥 와도 돼."라는 한마디에 마음이 한결 가벼워졌다. 난 오후 내내 저녁에 뭘 먹어야 할지 고민했었다.

집에 가니 두 사람은 텔레비전을 보면서 밥을 먹고 있었다. 나도 조용히 숟가락과 젓가락을 챙겨 식탁에 앉았다. 남편이 사 온 가지조림, 콩나물무침, 톳무침이 플라스틱 용기째로 놓여 있었다. 두부부침도 있었다. 듬성듬성 썰어 부쳤지만 두부에서 두부 물이 빠져

흥건했다. 널브러져 있는 두부를 보니 남편은 오늘 세 끼 밥상을 차리느라 두부처럼 진이 빠진 것 같았다. 나는 가지나물이 맛있다며 어디서 샀냐고 물었다. 남편은 담담하게 아파트 단지 내 반찬가게에서 샀다고 말했다.

이번 주 저녁은 남편이 주로 챙겼다. 일요일에는 돈가스를 배달해서 먹었다. 월요일에는 내가 주말에 만들어 놓은 등갈비찜(아들은 이걸 먹고 활명수를 먹었다)을 데워 먹었다고 했다. 화요일에도 남편이 냉동실에 있는 항정살을 구워 먹었다고 했다.

아들은 먹던 밥그릇의 뚜껑을 닫고 있었다. 나는 그가 먹다 남긴 밥그릇을 내 앞으로 가져왔다. 아들에게 왜 밥을 그만 먹느냐고 물었다. 입맛이 없다고 했다. 이틀간 자기 전 머리가 아파 타이레놀을 두 번이나 먹고 잤다고 했다. 반찬을 집다 말고 고개를 돌려 그를 보았다. 그가 아팠다는 걸 몰랐다. 밤에는 내가 먼저 잤고, 아침에는 일찍 출근했다. 남편이 이불은 잘 덮고 잤냐고 묻자, 아들은 덮었다가 땀이 나면 걷는 일을 반복했다고 말했다. 남편은 이불 때문이라며 이불을 얇은 것으로 바꿔야겠다고 했다. 아들은 안방으로 가서 장롱에서 적당한 두께의 이불을 골랐다. 힘없이 걷는 아들의 뒷모습을 보았다. 이번주 풍경이 한꺼번에 몰려왔다.

내가 밥을 먹는 동안 아들과 남편은 장롱에서 이불을 들추었다. 시집올 때 산 이불 한 채와 10년 전쯤 마트에서 세일할 때 사 온 이불 한 채가 그나마 적당해 보였다. 아들은 마트에서 산 분홍색 이불을 골랐다. 아들이 이 이불만 발까지 덮을 수 있다고 말했다. 남편이 "이불을 좀 더 사야겠네." 하고 중얼거리는 소리가 들렸다. 남편과 아들 둘이서 주고받는 말은 무심한 대화였다. 하지만 그 말의 끝은 나를 향하고 있는 것 같았다.

설거지는 미뤄둔 채 저녁 9시에 줌으로 문장 수업을 들었다. 수업은 10시에 끝났고, 후기를 쓴 뒤에야 설거지를 하고 샤워를 했다. 씻고 나서 의자에 앉아 책을 잠깐 펼쳤다. 잠시 후 정신을 차리니 내가 졸고 있었다. 내일 먹을 국을 끓여야겠다는 생각이 들었지만 엉덩이가 좀처럼 들리지 않았다. 남편은 아들이 겨우내 덮었던 이불을 세탁기에 넣고 있었다. 다시 졸다 깼다. 세탁기에서 나온 이불은 의자에 걸쳐 있었다. 나는 의자를 밀고 비몽사몽 안방으로 가서 누웠다.

아침 알람 소리에 눈을 떴다. 냉장고를 열어보니 전날 먹던 반찬이 플라스틱 용기에 차곡차곡 쌓여 있었다. 야채실에 저번 주에 사온 무가 랩에 싸여 덩그러니 놓여 있었다. 무를 보니 어제저녁 무국을 끓이지 않은 것이 후회되었다. 밤에는 아침에 무국을 끓이겠다고 생각했다. 아침이 되자 손이 가지 않았다. 달걀 네 개를 찜기에 올리고, 요거트에 냉동 딸기를 넣어 식탁에 올려놓았다. 그것으로 남편과 아들 아침 준비를 마쳤다. 나는 바나나 반쪽을 먹고 나왔다.

출근길에도 냉장고 속 무 하나가 자꾸 떠올랐다. 반은 무국, 나머지 반은 고등어조림에 쓰려고 샀던 무였다. 며칠 더 두면 썩을 수도 있었다. 냉장고 속 무가 남편과 아들의 얼굴로 변했다. "엄마, 우리를 이렇게 둘 거야?"라고 무가 내게 묻는 듯했다.

출근해서 전화로 중국어 수업을 들었다. 전화 속 선생님과 나눈 대화도 오늘 집에 있을 남편과 아들 점심 걱정이었다. 그들이 어떻게 해결할지 궁금하다는 대화였다. 그러면서 왜 이런 마음이 드는지, 그들이 내 마음을 알지 궁금하다고 말했다. 선생님은 알지 않겠냐고 대답했다.

나는 국을 끓이지 못한 대신 글을 쓰고 있다. 글을 쓴다는 것은 지금 내 마음을 놓치지 않고 있다는 뜻이다. 글을 쓰며 내 속마음을 들여다보고, '그래, 네 마음은 그랬구나.'라고 다독이고 있다. 왜 내가 이렇게 찜찜해지는지 이제는 알겠다. 내가 가족을 사랑하는 내 마음을 행동으로 다 채우지 못했기 때문이다. 그들에게 미안했다. 거창한 잘못이 아니었다. 사소한 빈틈이 만든 미안함이었다. 작은 국 한 그릇의 부재로 내 마음 한 조각이 전해지지 못한 것 같아 마음 한편이 허전했던 것이다.

이런 마음을 그들에게 굳이 말한다고 해서 내 마음이 편안해질

까? "미안해, 국을 못 끓여서." 이렇게 말한다고 해서 마음이 편해지지 않을 것이다. 결국 내가 어떤 마음으로 아침을 맞았는지를 가장 잘 알고 있는 사람은 나뿐이다. 그 마음은 작게나마 달걀 네 개, 딸기 요거트 속에 조용히 담겼다고 생각하기로 했다.

오늘 냉장고 속 무는 여전히 그 자리에 있다. 나는 그 무를 떠올리며 자신을 책망했다. 하지만 내가 나의 가족을 사랑하는 마음도 어쩌면 그 무처럼 언제나 그 자리에 변함없이 있는 건 아닐까. 무국을 끓이지 못했다고 해서 마음이 없었던 것이 아니라 오히려 계속 마음을 두고 있었기에 떠올릴 수 있었던 것이다.

사랑이란 늘 먼저 손이 가지 못해 미안한 채로 마음에 남겨두는 일인지도 모르겠다. 하지만 분명한 건 내 마음은 식지 않았고, 여전히 가족의 곁을 맴돌고 있다는 것이다. 그렇게 나는 오늘도 냉장고 속 무를 바라보며 나의 사랑도 그 자리에 조용히 놓여 있음을 다시 한번 확인한다.

엄마로서, 아내로서 내가 평생 해왔던 일을 소홀히 했다는 느낌이 들면 마음이 편하지 않다. 아마 그건 책임감 때문일 것이다. 여태껏 그 책임을 몸으로 감당해왔다면 이제는 마음으로 표현하는 방법을 배우고 싶다. 글을 쓰는 일은 내 마음을 솔직하게 들여다보는 시간이고, 세상에 나의 마음을 건네는 일이다. 그렇게 하다 보면 불편한 마음도 풀리겠지.

사무실에 도착하니 아침 7시 30분이다. 규정된 출근 시간보다 일찍 출근한다. 이렇게 일찍 나올 수 있다는 것만으로도 행복하다. 아이들이 어릴 때는 아침밥과 준비물을 챙겨 준 후에야 겨우 출근할 수 있었다. 조기 출근은 상상도 못 했다.

지금 이런 아침을 맞이할 수 있다는 게 믿기지 않는다. 다시 얻은 행복 같다. 중·고등학교 시절에는 아침에 일어나는 일이 그렇게도 싫었다. 일요일 저녁, 내일 학교에 가야 한다는 생각만 해도 우울했다. 시험 기간이 다가오면 더욱 싫었다. 언제쯤 내가 하기 싫은 일을 하지 않아도 될까. 늘 생각했다.

직장을 다니면 하기 싫은 일은 줄어들 거라 여겼다. 그래서 대학에 다니면서도 남들보다 먼저 취업 준비를 했고, 졸업 전에 공무원이 되었다. 하기 싫은 일은 사라지지 않았다. 다만 해야 할 일로 바뀌었다. 대신 퇴근 후에 남는 시간이 생겼다. 쉼을 누려본 적이 없어 그 시간을 어떻게 써야 할지 몰랐다. 집에 가서 할 일이 없자 마음이 다시 조급해졌다.

그때 나는 결혼을 떠올렸다. 그렇게 중매로 지금의 남편을 만나 결혼했다. 결혼을 한다고 해결되는 문제는 아니었다. 시댁과 친정 사이의 미묘한 갈등으로 마음이 괴로웠다. 아이를 키우며 하루하루가 바쁘게 흘러갔다. 부모님이 도와주셨고, 아버지는 매일 청소까지 해주셨다. 그런데도 마음은 쉽게 가벼워지지 않았다.

지금 생각해보면 '만족'이란 걸 모르고 살았던 것 같다. 일이 많아서가 아니라 마음이 늘 바빴고 허기져 있었다. 한가하면 한가해선 안 될 것 같고, 바쁘면 숨 돌릴 틈이 없다고 여겼다. 그렇게 보낸 시간이 어느새 50년이다.

이제는 살아갈 날이 살아온 날보다 적다. 나는 앞으로 어떻게 살아야 할까? 요즘 아침마다 글을 쓰면서 '난 이렇게 글을 쓰며 살아가라고 태어난 건 아닐까?' 하는 생각도 해본다. 내가 나를 잘 알지 못했다면 아마도 더 좋은 것이 어딘가 있을 거라는 생각으로 계속 찾아 헤맬 것이다. 글을 쓰면서 더 좋은 것, 더 나은 것은 내 마음을 편하게 하는 데 있다는 걸 알았다.

이제는 나에게 벌어지는 일 하나하나에 집중한다. 아침에 출근해서 어제 무슨 일이 있었나 생각하며 메모한다. 그중 나의 감정을 건드렸던 일을 골라 문장으로 만들어본다. 그게 출근해서 내가 하는 일이다. 그걸 난 '모닝저널'이라는 제목을 붙여 블로그에 비공개 글로 저장한다. 어쩌다 좀 괜찮다 싶으면 블로그에 공개한다. 이 책도 그런 과정 중에서 쓰였다.

글쓰기는 쉽지 않다. 머릿속에 있는 생각은 방사형으로 자꾸 흩어진다. 글을 다 쓰고 나면 '내가 대체 무슨 말을 하려는 걸까' 하고 나도 잘 모를 때가 있다. 그래도 나는 쓴다. 아무것도 하지 않아도 머릿속에는 생각이 쉴 새 없이 생겨난다. 그 생각들을 쏟아내는 일이 곧 나를 비우는 일이다. 어쩌다 스치고 지나가는 깨달음을 붙잡는 날은 만족감이 큰 날이다.

글을 쓰면 내가 어떤 생각을 하며 사는지 알 수 있다. 스스로를 돌아보지 않으면 좋은 날은 그냥 좋은 날이고, 나쁜 날은 그저 나쁜 날이다. 글은 더 행복하고 더 기쁘기 위해서 쓰는 것이 아니다. 나쁜 날을 계속 나쁘게 흘려보내지 않으려고 쓴다.

지난날은 기분에 의존해서 살았다. 기분 좋은 일을 찾아다녔다.

물론 그것이 나쁘다는 것은 아니다. 별다른 일을 하지 않아도 좋은 기분을 유지할 수 있다면 인생을 잘 사는 것이다. 하지만 인생은 기분 좋은 일만 일어나지 않는다. 기분이 좋지 않고 힘들 때가 있다. 그때 나는 어떻게 해야 할까? 그 방법을 찾는 길에 글쓰기가 있었다.

얼마 전 〈야당〉이라는 영화를 보았다. 경찰이 마약 밀매자를 잡기 위해 돕는 사람을 '야당'이라 부른다. 마약 밀매자는 돈을 벌기 위해 마약을 팔지만, 그걸 찾는 사람은 쾌락을 원하기 때문이다. 삶속에서 계속 즐거움만 찾아 헤매는 모습은 중독과 닮아 있다.

어쩌면 '쾌락'이라는 건 환상일지도 모른다. 삶은 쾌락만으로 지속되지 않는다. 우리는 태어나면서부터 낯선 세상을 마주한다. 낯선 것을 마주하면 두렵고 불안한 것은 당연하다. 인생이란 그런 두려움과 불안을 하나씩 풀어가는 과정이지, 쾌락을 좇는 것이 아니라고 생각한다. 내가 좇아야 하는 건 내 마음의 결이었다.

글을 쓰지 않았다면 괴로움을 덜기 위해 마약 같은 자극을 찾아 헤맸을지도 모른다. 하지만 이제는 안다. 즐거움과 행복은 외부에 있지 않다. 내 마음을 돌보는 일에서 온다는 것을. 마음이 아파도, 우울해도, 슬퍼도, 그 마음을 들여다보며 '아프구나, 슬프구나, 화가 났구나.'라고 돌보는 것이 글쓰기다.

글을 쓴다는 건 나와의 대화다. 때로는 그 대화가 괴로워도, 결국 나를 알아가는 길이다. 그래서 나는 오늘도 쓴다. 나를 알아야 내가 좋아하는 것을 알고, 내가 해야 할 일을 알고, 갖추어야 할 삶의 태도를 알게 된다.

나는 오늘도 아침의 조용한 사무실에서 하루를 시작한다. 커피 한 잔을 앞에 두고 키보드를 두드린다. 화면에 뜨는 글자들이 내 마음의 결을 따라 흐른다. 그렇게 또 하나의 아침이 열린다.

평범한 하루, 그 안에 모든 것이 있다. 오늘도 살아 있다는 것, 그리고 쓸 수 있다는 것에 감사하며 나는 또 쓴다.

내 삶을 알아가기 위해, 그리고 나를 더 사랑하기 위해.